千只鹤

せんばづる

[日]川端康成 著
吕灵芝 译

北京联合出版公司
Beijing United Publishing Co.,Ltd.

只 为 优 质 阅 读

好
读

Goodreads

目 录

千只鹤

001

千只鹤　/ 003
林中夕阳　/ 036
绘志野　/ 061
母亲的口红　/ 080
二重星　/ 106

波千鸟

141

波千鸟　/ 143
旅途的别离　/ 171
新家庭　/ 210

千只鹤

千只鹤

一

走进镰仓圆觉寺的内院之后,菊治还在犹豫要不要参加茶会。因为他已经迟到了。

栗本近子每次在圆觉寺的内院茶室举办茶会,菊治都会接到邀请,可自从父亲死后,他就一次都没去过。他认为,那些邀请只是出于对亡父的敬意罢了。

但这次的邀请函与往常不同,里面写到希望他见见一位向她学习茶艺的小姐。

读到那句话时,菊治想起了近子身上的胎记。

菊治八九岁时,曾跟随父亲去过近子家,那时近子坐在起居室,敞着胸脯,正用一把小剪刀剪胎记上的毛。她的胎记有手掌大小,半边覆盖着左乳,半边延伸向心口。黑紫色的胎记上长了稀疏的毛发,近子就用那剪刀去剪它。

"哎，小公子也一块儿来啦？"

近子像是吃了一惊，作势要合拢衣襟，又像是担心手忙脚乱显得尴尬，便稍稍转过身子，慢悠悠地将衣襟整好，束进了腰带里。

她似乎并非因为父亲的到来而惊讶，而是被菊治吓着了。因为他们来时有女佣通报，近子应该知道来客是菊治的父亲。

父亲并未走进起居室，而是坐到了隔壁的屋里。那是个铺着榻榻米的房间，也是平时上课的地方。

父亲凝视着壁龛上的挂轴，轻声说道："来一盏吧。"

"是。"近子应了一声，却没有马上走过来。

当时菊治还看见了，近子膝头的报纸上，掉落着像男人胡须一样的毛发。

明明是大白天，老鼠却在天花板上乱窜。廊外的院子里，桃花开得正盛。

近子来到炉边落座沏茶时，神情还有些恍惚。

十日后，菊治听见母亲像分享惊人的秘密一般，与父亲谈论近子因为胸部的胎记而一直不结婚的事情。母亲以为父亲并不知道此事。她似乎很同情近子，脸上带着怜悯的表情。

"哦？嗯。"

父亲略显惊讶地应着声，随即又说："不过只要有男人知道了这件事又愿意娶她，让丈夫看见又如何呢。"

"我也是这么说的。不过啊，身为女子还是有顾虑的。我若是胸部有个这么大的胎记，同样说不出口呀。"

"又不是小姑娘了。"

"那也说不出口呀。在男人看来，即便是结了婚才知道，恐怕也会一笑置之吧。"

"她给你看了那胎记吗？"

"怎么会，您别说蠢话了。"

"就只是说了？"

"今天学茶艺时聊了很多……她可能一时忍不住，就说了吧。"

父亲沉默不语。

"就算结婚了，男方会怎么想呢？"

"肯定不愿意，也觉得恶心吧。不过这秘密也可能成为乐趣，反倒有了点魅感力呀。有了缺点，反倒能突出优点不是吗？况且那实际也不是大不了的缺陷。"

"我也安慰她，告诉她那不是缺陷。可她说，那胎记都盖到乳房了呢。"

"哦。"

"她说一想到将来孩子出生了，要给孩子喂奶，就特别难受。就算丈夫无所谓，为了孩子也不行啊。"

"长了胎记就不下奶了吗？"

"那倒不是……她是不想让喝奶的孩子看见。我确实没想到，不过她自己想了很多。孩子从出生那天就吃奶，一睁开眼就看见母亲的乳房，而那乳房上竟长了丑陋的胎记。你说，那孩子降生到世上，对世界、对母亲的第一印象，竟是那么丑的胎记——那肯定会影响孩子一生啊。"

"嗯，那是她想太多了吧。"

"不过也是，大可以给孩子喂奶粉，或者找奶妈啊。"

"就算有胎记，只要能下奶不就好了。"

"话可不是这么说。我当时听完她的想法，眼泪就掉下来了。真的是感同身受。换成咱家菊治，我也不想用长了胎记的乳房给他喂奶呀。"

"有道理。"

菊治对装傻充愣的父亲感到愤慨。他也看到了近子的胎记，而父亲却当这件事从未发生过。这让菊治对父亲充满了憎恨。

可是现在，将近二十年后，菊治却苦笑着想，那时父亲想必也很困惑吧。

然而，菊治在十岁之后依旧常常想起母亲那天说的话，万分恐惧将来会有个叼着长胎记的乳房吃奶的异母弟弟或妹妹出生。

他害怕的并非家庭之外有弟弟妹妹，而是害怕那样的孩子。菊治总是忍不住想，从那长着毛的大胎记覆盖的乳房吃奶的孩子，也许会是个恶魔一般可怕的生物。

好在近子并没有生育孩子。他推测，也许是父亲没有让她生，也许让母亲流泪的那番胎记与孩子的话，也是父亲不希望近子生下孩子，因此向她灌输的借口。总而言之，父亲生前和死后，近子都没有生育孩子。

菊治与父亲一同见到那胎记之后不久，近子就主动对菊治的母亲坦白了这件事，也许是为了避免菊治先告诉母亲，采取了先下手为强的策略。

近子一直未婚，就是因为那片胎记支配了她的人生吗？

不过，菊治也无法忘却那片胎记，也可以说他的命运也受到了胎记的影响。

近子借茶会的名义要他跟那位小姐见面时，菊治眼前也浮现出了那片胎记。他突然想，既然是近子介绍的，那必定是一位白玉无瑕的小姐。

菊治曾经幻想，父亲会不会偶尔也去捏捏近子胸脯上的胎记呢。也许，他还轻轻啃咬过那片胎记。

如今走在鸟鸣清脆的寺山，他脑中又闪过了同样的幻想。

可是在菊治看见胎记的二十三年后，近子在他的心中逐渐男性化，现在已经成了彻头彻尾的中性存在。

她在今日的茶会上，也会手脚麻利地款待来客吧。那胎记覆盖的乳房，也早已松垂了吧。想到这里，菊治不禁莞尔。就在这时，身后有两位小姐急匆匆地走了过来。

菊治停下脚步，让出了道路。

"请问栗本老师的茶会在前面吗？"他询问道。

"是。"两位小姐同时回答。

即使不问，他也知道答案，而且看两位小姐的着装，他也能猜到这是去往茶室的路。其实菊治问这句话，是为了明确地说服自己参加茶会。

那位小姐拎着一个桃红色缩缅布包，上面印着白色千只鹤花纹，两相映衬之下，显得格外美丽。

二

两位小姐在茶室门前换上足袋时，菊治也到了。

他站在小姐身后窥看室内，里面似有八叠大小，却挤挤挨挨地坐着不少人。那些都是身穿艳丽和服的人。

近子眼尖地发现了菊治，一阵风似的走了过来。

"哎，真是稀客，快请进吧。你总算来了。快从那边进来，别客气。"说完，她指向了挨着壁龛那头的纸门。

屋里的女人都转过来看他，菊治忍不住涨红着脸说："都是女士啊。"

"对，刚才也有几位先生，现在都走了。你就是万花丛中一点红啊。"

"我可不是红。"

"菊治少爷完全有资格当一点红，放心吧。"

菊治微微摆手，示意自己要走另一边的入口。

方才那位小姐把赶路的足袋放进千只鹤的布包里，乖巧地站在一旁，让菊治先进去。

菊治走进了隔壁间。里面摆着点心盒、茶器盒，还有客人的行李，多少显得有些凌乱。女佣正在里头的水房洗东西。

近子进了屋，在菊治面前跪坐下来。

"怎么样，那位小姐很不错吧。"

"是千只鹤布包那位吗？"

"布包？我可不知道什么布包。就是刚才站在那儿的漂亮小姑娘。那是稻村家的千金。"

菊治含糊地点了点头。

"你竟注意到了别人的布包,真叫人不敢大意。我还以为你俩是一路来的,正寻思你动作快呢。"

"您说什么呢?"

"能在来的路上碰见,也算是有缘分了。稻村先生和你父亲也认识。"

"是嘛。"

"那家人啊,以前在横滨做生丝生意。稻村小姐不知道今天的事,你也别多说,就好好看看吧。"

菊治听了很是窘迫,毕竟近子声音不小,若是被一层隔扇之外的茶室里的人听见,却不知要如何是好。正在这时,近子突然凑了过去。

"不过啊,有件事挺为难的,"她压低声音说,"那个太田夫人,今天带着家里千金也过来了。"

她先看了看菊治的表情,又说:"我今天也没请她来……只是这茶会也没有限制,刚才还来了两拨儿美国人呢。对不起啊。既然让太田夫人知道了,也没办法。当然了,她不认识菊治少爷。"

"我今天其实……"不是想来相亲的。菊治张了张口,却没能把话说完,就这么哽在了嗓子里。

"要说尴尬的也是那位夫人,菊治少爷不必在意。"

菊治并不爱听近子的这番话。

栗本近子与父亲的交往似乎并不深，时间也很短。直到父亲去世，近子都是以热心肠的女人的身份跟家里来往。不只是开茶会时，连平时来做客，也总会到后厨去帮忙。

她早已男性化，若母亲这时候来嫉妒，倒成了令人苦笑的滑稽行径。母亲后来一定也发现父亲早已看过近子的胎记了，然而那时已是时过境迁，近子早就摆出一副忘却了前情的模样，委身于母亲之后。

菊治一直瞧不起近子，总在她面前横行霸道，不知不觉也把幼年时苦闷的嫌恶一点点发泄干净了。

近子的男性化，近子在菊治家中勤快干活，这些也许都是她独特的生存之道。

靠着菊治的家，近子成了茶道老师，获得了一些成功。

父亲死后，菊治突然想到，近子仅仅和父亲有过一段萍水之缘，从此就收起了女人的心气，内心不觉涌起了淡淡的同情。

母亲之所以对近子没有多少敌意，也是因为受到了太田夫人问题的牵制。

本是茶道之友的太田死后，菊治的父亲买下了他家的茶具，还与那位寡妇越走越近了。

最早向母亲通报此事的，便是近子。

其后，近子当然也始终站在母亲这边，其忠诚甚至堪称过火。近子不但四处尾随父亲，还几次到寡妇家中质问，仿佛是她自己燃烧起了熊熊的妒火。

性格内向的母亲被近子这么一闹，反倒被动地丢了脸面。

即使当着菊治的面，近子也对母亲痛斥太田夫人。若母亲露出不情愿的模样，她就说这话就该让菊治也听听。

"上回我去她家，也说了她挺久，结果让孩子听见了。那时隔壁屋子里突然传出了啜泣的声音。"

"是个女孩子吗？"母亲皱起了眉。

"没错，今年都十二岁了。那个太田夫人也是的，太溺爱孩子了。我以为她要斥责，没想到她竟专门走过去抱了孩子，当着我的面让孩子坐在腿上，还跟着孩子一起哭呢。"

"那孩子也太可怜了。"

"所以啊，就更应该利用那孩子谴责她了。因为孩子最了解母亲。虽然那是个小脸圆圆的可爱孩子。"说着，近子又看了一眼菊治，"咱们菊治少爷也对爸爸说两句吧。"

"好了，别这么恶毒。"母亲实在忍不住，责怪了一句。

"夫人您这样憋着反倒不好呀，就该痛痛快快地倾吐出来。夫人您都瘦成这样了，人家可是又白又胖。您呀，就是缺少了滋润，还以为可怜巴巴地流眼泪就能……再说，人家迎接老爷的屋子里，还堂堂正正地挂着丈夫的遗像呢。老爷也是的，竟然就这么任凭她去了。"

近子口中的那位夫人，在菊治的父亲死后，甚至带上女儿来参加茶会了。

菊治感到浑身冰凉。

就算正如近子所说，她今天没有专门邀请太田夫人，可菊治并没有想到，近子与她在父亲死后竟还有来往。太田夫人可能还让女儿跟近子学习茶艺了。

"你要是不愿意，我就让太田夫人先回去吧。"近子看着菊治说。

"我不在意。如果她要回去，那就请便吧。"

"她要是个这么有眼力见儿的人，你父亲和母亲就不用那么发愁了。"

"可她不是还带着女儿嘛。"

菊治从未见过那位寡妇的女儿。

若太田夫人同席，他与千只鹤布包的小姐见面多少有些不妥。何况菊治也不希望在这种场合结识太田家的小姐。

然而，近子的说话声不依不饶地萦绕在耳边，让菊治很是烦躁。

"反正她知道我来了,躲也躲不掉的。"说完,他站了起来。

他从挨着壁龛那头的门走进茶室,坐到了上座。

近子追了上来,煞有介事地介绍道:"这位是三谷家的少爷,三谷先生的儿子。"

近子说完,菊治又一次郑重其事地打了招呼。抬起头时,众位小姐的面容清清楚楚地出现在他面前。

菊治有点反应不过来。眼前充斥着和服的鲜艳色彩,令他难以分辨每一个人。

待到最初的刺激平复下来,菊治才发现,自己正与太田夫人面对面坐着。

"哎呀!"夫人一声惊呼,被在座的人都听去了。她的呼声毫不遮掩,还透着一丝怀念。

"好久不见了,真是好久不见了呀。"夫人又说。接着,她轻轻扯了一下旁边女儿的和服下摆,像是催促她快打声招呼。那小姐看起来很是窘迫,红着脸低下了头。

菊治感到非常意外。夫人的态度中竟没有一丝敌意,像是真真实实的怀念。仿佛她与菊治不经意的相逢是一场十足的惊喜。当着这么多人,这位夫人仿佛忘记了自己的处境。

那位小姐则一直低着头。

夫人察觉到女儿的态度，脸上也红了几分，可她还是欲言又止地看着菊治，像是要往他那边凑。

"少爷也研究茶道啊？"

"不，我没有。"

"是吗？但你毕竟有血脉相承嘛。"夫人似乎越说越感慨，眼角泛起了泪光。

菊治在父亲的告别式以后，就未见过太田家的寡妇。

而她跟四年前相比，似乎没有任何改变。

白皙修长的颈项，与之显得格格不入的圆润双肩，与年龄不相称的年轻身材。眼睛很大，鼻子和嘴巴娇小玲珑。仔细端详之下，小巧的鼻子形状甚是好看，令人忍不住微笑。说话时，下颌总显得有点向前突出。

她女儿也长着跟母亲一样修长的颈项与圆润的肩膀，嘴巴比母亲大，此刻正紧紧抿着。母亲的唇瓣比女儿显得娇小，不知怎的竟越看越奇怪。

女儿的眸子比母亲更显黑，神情有些悲伤。

近子看了一眼炭炉，然后说："稻村小姐，你给三谷少爷做一杯茶吧？今天你还没做过点茶吧。"

"是。"

千只鹤的小姐起身走了。

菊治刚才就已看到，这位小姐坐在太田夫人另一边。

可是菊治打量过太田夫人和太田小姐后，一直对稻村小姐视而不见。

近子叫稻村小姐点茶，想必是为了让菊治好好看看。

小姐走到炉前，看向近子："用什么碗呀？"

"我想想，就用那个织部吧。"近子说。

"那是三谷少爷的父亲以前爱用的碗，后来老爷把它送给我了。"

菊治对摆在小姐面前的茶碗也有印象。那的确是父亲用过的茶碗，但也是父亲从太田家寡妇那里得到的碗。

亡夫的遗物经菊治父亲的手到了近子手上，而她又来出席近子的茶会，真不知太田夫人究竟是什么心情。

菊治惊讶于近子的欠考虑。

说到欠考虑，他觉得太田夫人也挺欠考虑的。

唯独那位清纯的小姐，在中年女人纠缠不清的过往中默默地点茶，看起来格外美丽。

三

千只鹤的小姐是否知晓近子在借机让菊治打量她呢。

小姐大大方方地点好茶,亲自送到了菊治面前。

菊治品了茶后,细看了一会儿茶碗。那是一只黑织部茶碗,正面施白釉的地方描绘着黑色的蕨草芽花纹。

"是不是很眼熟?"近子在另一头问道。

"嗯。"菊治含糊地应了一声,放下茶碗。

"这上面的蕨草芽,很有山村的感觉呀。初春最适合用这个茶碗,你父亲以前也用过。现在拿出来虽然时节有些晚了,但给菊治少爷点茶,倒也挺合适。"

"不,我父亲不过是拥有了一段时间,这在茶碗的历史上算不得什么。它可是利休所在的桃山时代的传世茶碗,许多茶人几百年来小心翼翼地传承,我父亲算得了什么。"

菊治努力想忘掉这茶碗背后的因缘。

太田传给他的未亡人,那未亡人传给了菊治的父亲,父亲又传给了近子。太田与菊治的父亲已死,剩下的两个女人却坐在这里。光看这一段,就不得不感叹茶碗的奇怪命运。

现在,这只古老的茶碗又被太田的寡妇和千金、近子、稻村小姐及其他的小姐以唇品味，以手摩挲。

"我也想用那只茶碗品一品，刚才用了别的茶碗。"太田夫人有点唐突地说。

菊治又吃了一惊。真不知她是太天真，还是太恬不知耻。

他顿时觉得一直低头不语的太田小姐可怜得很，都不忍直视她。

稻村小姐又为太田夫人点起了茶。尽管众人的目光都集中在她的身上，但那位小姐应该不知道黑织部茶碗背后的故事，规规矩矩地照着学来的技巧操作。

她的动作没有怪癖，落落大方。从胸口到膝头的姿态端正而高雅。

嫩叶的影子映在那位小姐背后的纸门上，艳丽的振袖和服肩部和下摆像是反射着柔和的光芒，连她的发丝也像在发光。

这里作为茶室难免显得过于亮堂，但正好衬托了那位小姐的青春靓丽。女孩子气的红色袱纱并不会过度娇柔，反倒给人清新的感觉，仿佛小姐的手上绽放着鲜红的花朵。

恍惚间，小姐的四周像是飞舞着无数小巧的白色千只鹤。

太田家的寡妇捧起织部茶碗，轻声道："黑底配上青绿的茶，像是春天萌发的绿芽呢。"

至少，她没有说出这只茶碗曾为亡父所有。

其后，茶会又做了走个过场的用具赏析。由于小姐们都不懂茶具，基本只是听近子说明。

会上展出的水器和水勺，以前都是菊治父亲的所有物，但菊治和近子都没有挑明。

菊治坐在茶室里目送小姐们离开，太田夫人走了过来。

"刚才真是失礼了。你一定很生气吧，但是我见到你，心里只有怀念之情。"

"哦。"

"你都长这么大了呀。"

夫人眼中似乎泛起了泪光。

"对了对了，你母亲……我本想去参加葬礼，最后还是没去成。"

菊治露出不悦的表情。

"父亲和母亲接连……你一定很孤单吧。"

"哦。"

"还不回去吗？"

"嗯，再坐一会儿。"

"我一直想跟你好好聊聊。"

这时，近子在隔壁喊了一声："菊治少爷。"

太田夫人依依不舍地站了起来。她女儿早在院子里等她了。

母女俩向菊治微微颔首,转身离去。小姐眼中透着一丝欲言又止的神情。

近子正与两三个亲近的学生和女佣一道,在隔壁收拾东西。

"太田夫人说什么了?"

"嗯……她没说什么。"

"你要小心那个人。别看她那么温顺,却总是顶着一副自己没错的模样,不知道心里在想什么呢。"

"可是,她常来参加你的茶会不是吗?从什么时候开始的?"菊治略带讽刺地说。

他为了躲开这里的气氛,走到门外去了。近子跟了上来:"怎么样,那位小姐不错吧。"

"她的确是个好姑娘。不过,若是能在没有你、太田家和父亲的亡灵纠缠的地方与她相会,感觉一定会更好。"

"你还在意这种事情呀?太田家的夫人,跟那位小姐没什么关系呀。"

"我只是觉得,这样太对不起那位小姐。"

"怎么就对不起了呢。要是你不高兴见到太田家的夫人,那我向你说声对不起。但我今天并没有叫她来。稻村小姐的事情，你就分开考虑吧。"

"不过，今天我还是先告辞了。"

菊治停了下来。若是边说边走，近子一定不会离开他。

待到只剩菊治一人，他看见不远处的山脚下长了一片含苞待放的映山红。他深吸了一口气。

他很讨厌自己，后悔不该接受近子信中的邀请。可是他对那个千只鹤布包的小姐，还是留下了深刻的印象。

今天在茶会上同时见到父亲的两个女人，他之所以没有特别烦躁，也许多亏了那位小姐。

可是，菊治一想到那两个女人还活着并谈论父亲，而他的母亲却离开了人世，就感到无比愤慨。眼前还闪过了近子胸前那丑陋的胎记。

傍晚的风掠过新发的嫩芽拂面而来，菊治摘了帽子，缓缓向前走去。

不一会儿，他远远看见太田夫人站在山门脚下。

尽管如此，菊治还是朝山门走了过去，只是表情有些僵硬。

那寡妇见了菊治，便朝他走了过来，脸上还带着一丝红晕。

"我专门在这儿等你，就是想再见你一面。你可能觉得我厚颜无耻，可我实在是不能就这样……再说，你今天一走，又不知何时才能再见了。"

"您女儿呢？"

"文子先回去了，她跟朋友在一起。"

"那您女儿知道她的母亲专门在这里等我吗？"菊治说。

"是呀。"夫人说完，抬起头来看着他。

"那她一定很不高兴吧。刚才在茶会上，您女儿也好像不太想见到我，真是太可怜了。"

菊治这番话既显得毫不客气，又带着几分委婉。夫人则坦率地说："你见到那孩子，心里肯定不好受吧。"

"毕竟我父亲肯定让她有过不少痛苦的记忆。"

菊治其实想说，正如太田夫人您让我深陷在痛苦之中。

"没有那回事。你父亲可疼爱文子了。我还想将来有时间了，好好跟你讲讲这个呢。刚开始的时候，无论你父亲多么温柔，那孩子都不领情。但是在战争结束，空袭越来越频繁的时候，也不知怎的，她的态度一下就变了。后来啊，那孩子对你父亲也算是尽心尽力了。不过一个小姑娘，所谓尽心尽力，也就是为他出门买点鸡、鸭和下酒菜，也因为这个遇上过危险，可拼命了。那孩子啊，还顶着空袭从好远的地方搬大米回来……她突然这么殷勤，你父亲也吓了一跳。我看见女儿变化这么大,心里总觉得很不是滋味,好像自己做错了什么似的,真是太难受了。"

菊治猛然意识到,他和母亲都受过太田小姐的恩惠。那时父亲总是拎着不知从哪儿来的吃食回家,原来都是那位小姐买来的吗?

"我不清楚女儿为什么突然变化那么大,也许她每天都觉得自己随时可能死掉吧。她一定是可怜我这个母亲,所以才这么努力,对你父亲也尽心尽力。"

在那段战败投降的阴云中,太田小姐想必是看清了母亲死死抓着菊治父亲的爱,将其当作救命稻草吧。在每天无比惨烈的现实中,她终于放开了对亡父的思念,认清了母亲的现实。

"刚才你看见文子手上的戒指了吗?"

"没有。"

"那是你父亲给的。平时你父亲在我家遇到防空警报,都要赶回家去。文子非要去送,怎么都不听劝。她就说担心你父亲一个人在路上出什么意外。有一回她去送了,结果一夜没回,这若是借宿在你家还好,万一两个人都死在路上了呢。我忧心忡忡地等到早上,她可算是回来了。我上去一问,原来她把你父亲送到家门口,在回来的路上找个防空壕过了一夜。等你父亲再来时,他塞给文子一枚戒指,说谢谢小文上次送他回家。今天让你看见那戒指，孩子恐怕是害羞了。"

菊治越听越感到厌恶。太田夫人似乎理所当然地认为菊治会因此产生同情，真是太奇怪了。

然而，他还是无法对这位夫人怀有明确的憎恨和戒备。因为她身上散发着一股让人忍不住松懈下来的柔情。

那位小姐之所以如此拼命，恐怕也是看不下去母亲这个样子吧。菊治感到，夫人说起女儿的事情，仿佛在讲述自己的爱情故事。这位夫人似乎有着满腔的话语想要倾诉，可是不客气地说，她似乎把菊治的父亲和菊治混为一谈了。她跟菊治说话时透着一股深深的眷恋，像是在对他的父亲说话。

菊治那曾经因母亲的影响对太田家寡妇怀有的敌意虽然没能完全消失，但也早已淡化了许多。稍一松懈，他甚至要在自己内心感应到这个女人深爱的父亲的存在了。他几乎要坠入一种错觉，仿佛自己跟这个女人相知已久。

菊治知道父亲跟近子的关系没有持续多久，却到死都跟这个女人藕断丝连，但他也知道，近子必定是很蔑视太田夫人的。现在连他自己也感到了残忍的诱惑，想对这位天真的夫人恶语相向。

"您以前受了那么多欺负，还常去栗本的茶会露面吗？"菊治开口道。

"唉，其实是你父亲去世后，她给我写了一封信，说很想念你父亲，每天过得很寂寞。"夫人垂下头说。

"您女儿也一起来吗？"

"文子她只是不情不愿陪我过来的吧。"

他跨过轨道，经过北镰仓车站，朝着与圆觉寺相反方向的山走去。

四

太田家的寡妇少说也有四十五岁上下，应该比菊治大了将近二十岁。然而，她却让菊治忘了二人的年龄差距，仿佛自己抱了更年轻的女人。

年龄给予她的经验，必然让两人都体验到了相应的欢愉，然而他丝毫没有因此产生经验浅薄的单身男子的窘迫。

菊治仿佛第一次真正了解了女人，也真正了解了男人。他惊讶于自身雄性本能的觉醒。菊治此前从不知道，女人竟是这样娇柔顺从，又能不断地诱惑，散发着温软甜香的存在。

单身的菊治在后来想起此事，总会感到难以抑制的厌恶，可是最应该感到厌恶的现在，他的心中只有甘美的平静。

每当这种时候，菊治总会忍不住冷漠地远离，此刻却头一次感到了温情的陪伴，不由得放松了身心。他从不知道女人的温情竟会如此余韵悠长。他倚靠着悠悠的情潮，甚至有种征服者享受奴隶给他洗脚，自己则昏昏欲睡的满足感。

同时，他也体会到了母亲的感觉。菊治缩了缩脖子，说道："栗本这个地方有块很大的胎记，你知道吗？"

他也意识到自己突然说的话不太稳妥，但因为处在极其放松的状态，菊治并不觉得对不起近子。

"长在乳房上了，大约是这个位置，这样……"他伸手比画了几下。

菊治心中突然有股冲动，使他说出了这些话。他觉得心里痒痒的，就是想为难自己，想伤害对方。也许那是为了掩饰自己想看的欲望，掩饰自己的羞耻。

"哎呀，快别比画了。"夫人轻轻合拢了衣襟，像是一时没能听明白，又闲适地问了一句，"我可没听说过，再说隔着衣服也看不见呀。"

"怎么会看不见呢？"

"哎，为什么呢？"

"只要在这儿，不就能看见了。"

"你这人真坏。难道你还在我身上找胎记吗？"

"那倒没有。若是有，你刚才会是什么心情？"

"在这儿吗？"夫人看着自己的胸脯说。

"你说这个干什么。就算有也没什么呀。"夫人满不在乎地说道。菊治内心的恶毒，似乎对她丝毫不起作用。这下，那毒气仿佛落到了他自己头上。

"怎么会没什么呢。我只在八九岁的时候看见过一次，到现在都能想起来呢。"

"那是为什么呀？"

"你也受了那胎记的诅咒。栗本不是一副帮我和母亲出头的样子，到你家来闹过事嘛。"

夫人点点头，轻轻抽回了身子。菊治收紧臂弯，没放她走。

"那时候她肯定也想着自己胸部的胎记，不停地咒骂你吧。"

"唉，你说这话真吓人。"

"也许，她还带着一点报复我父亲的心情。"

"报复什么？"

"她因为那个胎记，始终觉得低人一头，最后还被抛弃了，所以心里记恨吧。"

"你快别说胎记的事了，我越听越不舒服。"

不过，夫人还是没有试图想象那样的胎记。

"栗本女士现在已经不用顾虑身上的胎记了吧。那都是已经过去的烦恼。"

"烦恼过去了,难道不会留下痕迹吗?"

"有时想起过去的事情,人会感到怀念。"

夫人有点恍惚地说道。

最后,菊治把打定主意不开口的话也说了出来。

"刚才的茶会上,坐你旁边的那位小姐。"

"嗯,雪子小姐。她是稻村家的千金吧。"

"栗本今天叫我去,就是想让我见见她。"

"哎呀。"

夫人瞪大了眼睛,定定地看着菊治。

"你今天是去相亲的吗?我还真没想到呢。"

"不是相亲。"

"是吗?原来你是相亲回来呀。"夫人眼中滑落一滴眼泪,消失在枕面。她的肩膀微微颤抖。

"对不起,对不起。你怎么不跟我说呢?"

夫人掩面哭泣起来。

菊治倒是没想到这一层。

"不管是不是相亲回来,不好的总归是不好的。这跟那个没关系。"菊治如是说出了心中的想法。可是,他眼前也浮现出了稻村小姐点茶的样子。还有那个千只鹤的桃红色布包。

这时,他突然感觉眼前这个啼哭的夫人身形无比丑恶。

"唉,对不起。我真是个罪孽深重、无药可救的女人。"夫人圆润的肩膀轻轻震颤。

对菊治而言,一旦开始后悔,他定会感到无比的丑恶。因为这件事虽与相亲无关,自己抱的却也是父亲的女人。

然而,菊治此时既没有后悔,也不觉丑恶。

他并不清楚自己与夫人为何做了这件事,因为事情发展得无比自然。按照夫人刚才的话,她也许在后悔自己诱惑了菊治,但夫人起先恐怕并没有诱惑的意思,菊治也不觉得受到了诱惑。再看菊治的心情,他自感毫无抵触,夫人也并未表现出任何抵触。甚至可以说,他们都没有产生道德上的愧疚。

二人走进圆觉寺对面那座小山上的旅馆,吃了一顿晚饭。因为他们都想多聊聊菊治的父亲。菊治必须听到那些故事,而老老实实地坐着听本会显得十分怪异,可夫人像是没有想到那一层,只顾着满怀眷恋地倾诉。听着听着,菊治心中生出了淡淡的好感,像是沉浸在轻柔的爱意之中。

菊治还感到,父亲是幸福的。

也许,那正是他不该有的感觉。他错失了推开夫人的时机,坠入了甘美的懈怠。

然而,菊治的心底终究潜藏着阴影,也许正因如此,他才像喷吐毒气一般说起了近子和稻村小姐的事情。

那毒气效果太过惊人了。一旦后悔就会沦为丑恶,菊治内心涌出了对自己的深深厌恶,自责对夫人吐露了如此残酷的话语。

"忘了这件事吧。什么都没发生过。"夫人说,"这里的事情,从来没有发生过。"

"你只是回忆起了我父亲,对吧?"

"哎呀。"夫人惊讶地抬起头来。因为一直伏在枕上哭泣,她的眼睑很红,眼白也泛起了血丝,张大的瞳孔中却残留着几缕情事的余韵。

"你真要这么说,我也无可奈何。我真是个可悲的女人。"

"你说谎。"

菊治猛地扯开了她的衣襟。

"若是这儿有个胎记,我倒是能印象深刻,不至于忘记……"菊治听了自己的话,也大吃一惊。

"不要。你快别这样看,我也不年轻了。"

菊治龇牙咧嘴地凑近过去。

夫人方才那股韵味又回来了。

菊治安心地睡了。

半梦半醒间,他听见了鸟儿的啁啾。在鸟叫声中醒来,他好像是头一次。

宛如晨露打湿的绿叶,菊治感觉身心受到了彻底的涤荡。他已经再没有任何想法了。

夫人背对菊治躺着。也不知她何时翻的身,菊治有些好笑,一手撑着头,在微光中凝视着夫人的脸。

五

茶会过去半个月,太田小姐找到了菊治。

将太田小姐请到会客间后,菊治为了平息心中的悸动,自己打开了茶箱,又去拿西点装成小盘。不知小姐是独自来的,还是夫人也来了,只是不好意思进门,只在外面等着。

菊治再打开会客间的门,小姐马上站了起来。菊治瞥见她微微低垂的面容,发现小姐紧紧抿着有些地包天的嘴唇。

"让你久等了。"菊治绕过小姐身后,拉开了朝向庭院的玻璃门。

从她身后经过时,菊治闻到了插在花瓶里的白牡丹的微香。小姐圆润的肩膀略微向前倾斜着。

"请坐。"菊治说完,自己先落了座,同时感到不可思议的平静。因为他在小姐身上看见了她母亲的影子。

"突然登门拜访,我知道这很失礼。"小姐低着头说。

"没什么。你怎么找到这里的?"

"啊。"

菊治想起来了。这位小姐大空袭时曾送他父亲到了家门口。这是他在圆觉寺听夫人说的。

菊治险些说出口,却把话咽了回去。但他还是看向了小姐。

顷刻间,太田夫人那一日的温软,宛如热水一般复苏过来。菊治想起,夫人温柔而顺从地接纳了他的一切。他感到了异常的安然。

因为那天的安然,菊治险些在小姐面前松懈下来,可是,他依旧不敢认真看小姐的脸。

"我——"小姐顿了顿,抬起头,"为了母亲,有一事相求。"

菊治屏住了呼吸。

"我希望你能原谅母亲。"小姐恳切地诉说道。

"说什么原谅呢,我反倒要感谢令堂呀。"菊治斩钉截铁地说。

"是我母亲不好。我母亲是个没出息的人，请你不要理睬她。别再接近她了。"小姐的语速飞快，声音还在颤抖，"求求你。"

小姐所说的原谅，菊治明白了。这里面也包含了不要理睬她母亲的意思。

"也不要再打电话了……"说话间，小姐涨红了脸。可她像是为了战胜心中的羞耻，反倒抬起头直视着菊治。她眼中噙着泪，黑亮的双眼瞪得老大，却没有一丝恶意，而是满满的哀诉。

"我明白了。对不起。"菊治说。

"拜托你了。"小姐面上锈色渐浓，甚至染红了白皙纤长的颈子。她身穿的洋装领口有一圈白色装饰，像是为了突出颈部的纤长之美。

"我知道你们在电话里约好了，但母亲不会来了。是我拦住了她。母亲说什么都要出去，是我抱着她没有撒手。"小姐说到这里松了一口气，声音也恢复了从容。

菊治打电话给太田家的寡妇，是在二人温存后的第三天。夫人的声音听起来很高兴，但她却没有出现在约好的咖啡厅。

他只打过那一次电话，之后，菊治就没有见过夫人。

"后来我也觉得母亲很可怜，但是在当时，我只恨她没出息,一个劲地拦着她。母亲对我说,文子,你既然不让我去,就打电话拒绝他吧。我已经走到电话机旁了,就是发不出声音。母亲盯着电话机,默默哭了好久。她仿佛觉得,三谷先生会从电话机里走出来见她。我母亲就是这样的人。"

二人沉默了一会儿,菊治开口道:"那次茶会过后,令堂在山门等我,你为何先回去了?"

"因为我想让三谷先生知道,母亲不是那么坏的人。"

"她实在是太不够坏了。"

小姐垂下了目光。形状小巧的鼻子下露出了地包天的嘴唇,温柔的圆脸跟母亲极为相似。

"我早就知道令堂有个女儿,还曾幻想过跟那位小姐聊聊我的父亲。"

小姐点了点头:"我偶尔也会这么想。"

菊治不禁想,如果他与太田家的寡妇没有那场纠葛,现在就能与这位小姐畅谈父亲的事情了。然而,他之所以能由衷地原谅那寡妇,原谅父亲与寡妇之间的关系,也因为他跟她之间,不再是什么关系都没有。这样,会显得奇怪吗?

小姐似乎意识到自己待得太久,慌忙站了起来。

菊治送她出了门。

"除了我父亲,也希望哪天能跟你聊聊你的母亲。"菊治知道自己这么说很自私,但那也是发自内心的期望。

"嗯。不过,你快要结婚了吧?"

"你说我吗?"

"是呀,母亲是这样说的。她说你跟稻村雪子小姐相亲了……"

"没有那回事。"

门口便是斜坡,中间有几道弯,走到那里再回头,就只能看见菊治家院子里的树梢了。

听了小姐那番话,菊治又想起了那位千只鹤的小姐。这时,文子停下脚步,向他道了别。

菊治目送小姐下了坡,又背过身走上了坡。

林中夕阳

一

菊治在公司接到了近子打来的电话。

"你今天是直接回家吗？"

他的确准备直接回家，却忍不住皱起了眉。

"是的。"

"今天你务必回来，这也是为了你父亲。这不是他每年办茶会的日子嘛。我一想起来啊，就坐不住了。"

菊治没有说话。

"我把那个茶室啊，喂？我把那个茶室打扫了一遍，突然又想做饭了。"

"你在哪里呀？"

"你家，我到你家来了。对不起啊，没有先跟你说一声。"

菊治吃了一惊。

"我一想起来啊,就怎么都坐不住了。就寻思着,如果来打扫打扫茶室,说不定能平静一些。我本来应该先给你打电话,可你肯定会拒绝呀。"

父亲死后,茶室就成了无用的摆设。

母亲在世时,还会不时进去独坐一会儿。可是她从不给茶炉生火,只拎着一壶热水过去。菊治并不喜欢母亲坐在茶室。他会担心母亲静静地坐在那里,心里不知想些什么。

菊治总想偷看一眼独坐茶室的母亲,却从来没有真正偷看过。

父亲生前,一直是近子在茶室忙活。母亲几乎从来不去茶室。

母亲死后,茶室的门就再也没打开过。只有父亲生前就一直在家中供职的老用人每年进去通几次风。

"你都多久没打扫茶室啦?这地板的榻榻米,无论怎么擦都去不掉霉味儿。"近子的声音听起来越发厚颜无耻了。

"打扫了一会儿,我又想做饭了。因为是突发奇想,材料也不齐全,但我已经在做了。所以我想叫你赶紧回来。"

"哦?真叫人无语。"

"菊治先生一个人恐怕孤单,就叫上三四个公司的朋友吧？"

"不行。这里没有人懂茶。"

"就是不懂才好,因为准备不够啊。就随便来吧。"

"不行。"菊治狠狠地说。

"是吗,那太可惜了。这可怎么办?对了,你父亲以前喝茶的朋友……也不能叫过来。要不,就叫稻村家的小姐来吧?"

"开什么玩笑,别闹了。"

"为什么?这不是很好吗?上回说的那件事啊,他们家也有点意思,你就再仔细看看那位小姐,跟她好好聊几句吧。你今天邀请她,她若是来了,证明自己也有意思。"

"我才不要这么做,"菊治感到胸口一阵苦闷,"别说了,我不会去。"

"啊?哎呀,这种事电话里不好说,要不过后再说吧。总之就是这样,你早点回来。"

"总之这样是哪样,我才不管。"

"那好吧,反正我只管自己做就是了。"

她虽这样说,菊治还是感到了近子强人所难的语气。

他眼前浮现出覆盖在近子半边乳房上的大片胎记。

此时对菊治而言,近子打扫茶室的扫帚声,就像他的大脑被扫刷的声音；擦洗外廊的抹布声，宛如他的大脑被拂拭。

而他的费解更胜过此刻的厌烦。近子在他出门时擅自进来，甚至做起了饭，这是何等的奇怪。

若她只是为了悼念父亲而来这里打扫茶室，插一束花，倒也罢了。

然而，在令人愤懑的厌烦中，稻村小姐的身影，在菊治心中投下了一缕光芒。

自从父亲死后，他与近子自然而然地疏远了。她是否想借稻村小姐之事，重新与菊治结缘，并对他纠缠不休呢？

近子打来的电话既体现了她有趣的性格，也透着令人苦笑而放松警惕的感觉，同时又有一丝强势的逼迫。

菊治想，她的话听起来之所以强势，是因为自己过于软弱。由于害怕自己的软弱，他甚至无法对近子自作主张的电话生气。

近子抓住了菊治的软肋，所以才蹬鼻子上脸了吗？

菊治离开公司便去了银座，走进一家狭小的酒馆。

正如近子所说，他得早点回去，可是他苦于自身的软弱，感到喘不过气来。

那天圆觉寺的茶会之后，菊治阴差阳错地与太田家的寡妇住进了北镰仓的旅馆。此事近子应该不晓得，却不知那之后她是否与寡妇见过面。

他怀疑，近子在电话里的强势，不仅仅出于她自身的厚颜无耻。然而，她可能也只是想按照自己的方式，进一步撮合菊治与稻村小姐。

菊治在酒馆坐立不安，干脆乘上了回家的电车。搭乘省线经过有乐町前往东京站途中，菊治透过车窗，凝视着栽满高大行道树的大道。

大道横亘东西，与省线几乎成直角，反射着夕阳的光芒，宛如锃亮的金属板。行道树的绿叶在逆光下有点发黑，树荫看起来十分清凉。枝叶生长繁茂，宽大的叶片郁郁葱葱，大路两侧都是气派的洋楼。

路上没什么行人，静谧的街景一直延伸到皇居的护城河畔。连反射着阳光的车道也一片空寂。他在拥挤的电车中俯视这片光景，蓦然感觉大道悬浮于傍晚的繁忙之外，散发着异国的气息。

菊治仿佛看见稻村小姐身穿桃红色缩缅和服、拎着千只鹤的布包，走在那条路上。他甚至清楚看见了千只鹤布包的花纹。

这是一种陌生的心情。

想到那位小姐可能已经到了他家，菊治心里就一阵躁动。

不过，近子在电话中叫菊治带朋友回家，菊治不愿答应，便转而说叫稻村小姐过来，那究竟是什么意思呢？莫非她一开始就打算叫那位小姐过来？菊治还是想不明白。

回到家中，近子匆匆走出了玄关："你一个人？"

菊治点点头。

"一个人更好，快进来吧。"近子凑过来，作势要接过菊治的帽子和提包，又说，"你去了别的地方吧。"

菊治暗道，莫非他脸上残留着醉意？

"你这是去哪儿了呀？后来我又给你公司打电话，人家说你已经走了。我都算着你回来的时间呢。"

"好吓人啊。"

近子擅自闯进他家，自作主张做了这些事，但他并没有提起。

她跟着菊治进了起居室，像是要为他换上用人事先准备好的和服。

"不用了。这多不好啊，我自己穿。"

菊治脱掉上衣，像是急着甩掉近子，快步走进了储物间。

他在储物间换了衣服。

近子坐着没走，见他出来便说："单身汉不容易啊。"

"嗯。"

"快结束这种不方便的生活吧。"

"我已经看够了老爸的生活方式。"

近子看了他一眼。

近子身上穿着跟用人借来的罩衣围裙。那原本也是菊治母亲的东西。她卷起了袖子。

她的手腕以上白皙得略显怪异,又肉感十足,手肘内侧有一圈凸起。菊治意外地发现,那是被挤出来的厚实软肉。

"我把人请到里屋去了,不过还是茶室更好吧。"近子正色道。

"我也不知道。茶室安了电灯吗?我好像从未见过那里亮灯。"

"要不就点蜡烛吧,那样反倒更有意思。"

"我才不要。"

近子像是想起了什么:"对了,刚才我给稻村家打电话,稻村小姐问,是不是要随母亲一起来,我说要是两位都能来,那就更好了,结果她母亲有点事,就定下小姐一个人来了。"

"定下?那明明是你自作主张的吧。突然打电话叫人家马上过来,稻村家肯定觉得你很失礼。"

"这我知道,可人家小姐已经来了。只要人家来了,咱们也就不算失礼了呀。"

"为什么?"

"道理就是这样呀。那位小姐既然来了,证明她也有意思。过程有点奇怪,那也不算什么。等到事情谈成了,你们二人大可以笑着说那栗本做事真奇怪。反正按照我的经验,只要有缘分,怎么都能谈成。"近子胸有成竹地说着,仿佛看透了菊治的心思。

"你跟那家说过了吗?"

"是,已经说过了。

你也要明确态度——她仿佛在说。

菊治站起来,顺着走廊前往里屋,行至院里的大石榴树附近,他努力调整了面部表情。不能让稻村小姐看见他的烦躁。他看向石榴树的影子,眼前又浮现出了近子的胎记。菊治摇了摇头。里屋门前的院石上,还残留着几缕夕阳。

纸门敞开着,小姐坐在门边。

她身上似乎散发着光芒,隐隐照亮了宽敞昏暗的房间深处。

壁龛的水盘里插着新鲜的菖蒲。

小姐今天系着菖兰花样的腰带。这是巧合吗?不过菖蒲和溪荪都是这个时节最常见的风物,也许不是巧合。

壁龛里插的是菖蒲,花与叶都高高挂着。从花的感觉就能猜到，那是近子刚插好的。

二

翌日是星期日，外面下起了雨。

下午，菊治独自走进了茶室，准备收拾昨天用过的茶具。

另外，他也想寻觅稻村小姐留下的残香。

他让用人拿了伞，正要从里屋走到院里的垫脚石上，发现屋檐的雨水槽有破损，雨水哗哗地落在了石榴树前。

"那块儿得修一修了。"菊治对用人说。

"是呀。"

菊治想起之前的雨夜，他躺在被窝里，也曾注意到这样的水声。

"不过一旦修起来了，就会发现哪儿都需要修，没完没了啊。还是趁它没变成一堆破烂，赶紧卖了吧。"

"家里有大宅子的人，近来都这么说呢。昨天那位小姐来，也说过这里真大。那位小姐想必是要住进这座宅子里吧。"用人像是在劝他别卖房子。

"栗本老师说什么了吗？"

"是。那位小姐来了之后，老师带她在宅子里转了转。"

"哦？真拿她没办法。"

昨天，小姐并没有对菊治提起这件事。

菊治以为小姐只是从里屋走进了茶室，所以他今天也想走走同样的路线。

他昨夜没能睡好。他总觉得茶室里还残留着小姐的香气，甚至想半夜起来去茶室看看。

"那是永远触不可及的人。"他这样想着稻村小姐，希望自己能睡下。

现在听闻近子拽着那位小姐看遍了整个宅子，菊治感到万分意外。

菊治吩咐用人把炭炉拿进茶室，自己则顺着垫脚石走了出去。

昨夜，近子要回北镰仓，就跟稻村小姐一起离开了。事后，用人收拾好了残局。

菊治只需收起归拢到茶室角落的茶具，但他不太清楚那些东西原本放在哪里。

"反倒是栗本更清楚吗？"

菊治喃喃着，默默凝视壁龛里的歌仙绘。

那是法桥宗达创作的作品，以薄墨描线，施以淡彩。

"这是哪位歌仙呢？"

昨日稻村小姐问过，但菊治没能回答上来。

"这是哪位呢？上面没有写歌，我也分不清楚。这种歌人的画，不都长成一个模样吗？"

"应该是源宗于吧。"近子帮腔道，"那段歌是'松叶本常青，春来更添绿意浓'。虽然季节有点过了，但你父亲喜欢它，常在春天挂出来。"

"光看这幅画，实在分不清是源宗于还是纪贯之呢。"菊治又说了一句。

今日再看，画中人依旧是一脸从容，分辨不出身份。

不过，那清浅的线条中，似乎透出了宽大的气质，稍微凝视一会儿，甚至能隐隐嗅到几分清香。

看见这歌仙绘，还有昨日放在里屋的菖蒲花，菊治都忍不住想起稻村小姐。

"我想着先把水烧开，就花了点时间，觉着应该烧一会儿再送来。"用人说着，拿来了炭炉和水壶。

菊治只是觉得茶室有点潮，才要了炭炉。他并不打算烧水。不过用人伶俐，想着既然菊治要火，便把水也烧好了。菊治随手翻了翻火炭，放上水壶。

他从小跟随父亲，早已习惯了茶会，但从未想过自己点茶。父亲也从未叫他学习过。如今炉上烧着水，他也只是稍微错开了壶盖，呆呆地坐着。空气中弥漫着淡淡的霉味，榻榻米也有点潮湿。暗色的墙壁昨日衬托出了稻村小姐明媚的身姿，此刻却显得异常沉寂。他感觉自己就像住在洋房里的人穿上和服走进了这里。

"栗本突然叫你过来，想必有所冒犯吧。在茶室会客，也是她自作主张的决定。"昨天，菊治这样对小姐说。

"我听老师说，今天是令尊以前办茶会的日子。"

"听说是这样的。我早已忘记了，也从未想过。"

"在这样的日子里把我这种外行人叫来，也许是老师的嘲讽吧？因为我最近没怎么去练习。"

"栗本也是今早突然想起来，急急忙忙赶过来打扫了茶室。不信你闻闻，这里还有股霉味呢。"菊治顿了顿，"不过，如果能相识，我还是希望不用通过栗本的介绍。这样实在太对不起稻村小姐了。"

小姐诧异地看着菊治："为什么呀？如果没有老师，就没人介绍我们相识了呀。"

那是极其简单的反驳，也是无比真实的话语。确实，如果没有近子，他们二人恐怕不会在这大千世界相识。菊治仿佛被迸发着光芒的长鞭击中了。而他又觉得，那位小姐的话语听着像是同意了她与菊治的亲事。正因如此，小姐诧异的目光，在菊治眼中仿佛一道光芒。不过,菊治直呼近子为栗本,不知小姐作何感想。她是否知道近子曾经与菊治的父亲有过短暂的关系?

"毕竟我对栗本有些不好的记忆。"菊治几乎压抑不住声音的颤抖,"所以我不想被她掌控自己的命运。我现在都很难相信,竟是那个女人介绍了稻村小姐。"

这时,近子也端来了自己的膳台,对话就此中断:"我也陪二位用餐吧。"

近子落座后,菊治略微缩起身体,试图平复急促的呼吸,同时瞥了一眼小姐的脸色。

"只有一位客人恐怕有点孤单吧,不过老爷一定很高兴。"

小姐羞涩地垂下了目光:"我没有资格坐在老爷的茶室里。"

近子没有理睬那句话,开始回忆菊治的父亲生前主持茶会的光景。

她似乎认定,这场婚事算是谈成了。

临走前,近子对他说:"菊治少爷也去稻村家拜访拜访吧……把日子定下来。"

小姐听完,点了点头。她似乎想说点什么,但没有开腔。

她全身上下都散发着本能的羞涩。菊治感到很意外。那羞涩的气息，宛如小姐的体温包裹了他。

然而，他还是感到自己陷入了丑陋的暗幕之中。直至今日，那块暗幕都未曾揭开。

不仅是介绍稻村小姐的近子，菊治本身也暗藏着污浊。

菊治会幻想父亲用肮脏的牙齿啃噬近子胸脯上的胎记。父亲的那个身影，有时还会与他自己重叠。小姐并不在意近子，菊治却万分在意。菊治的卑鄙与优柔寡断虽不全是因为这个，但仍与之相关。菊治一边假装厌恶近子，一边又假装被近子强迫着谈了与稻村小姐的亲事。近子就是如此方便利用的女人。

菊治感觉自己受了鞭击，就是猜测小姐是否看穿了这一点。他也在那一刻察觉了自己的真心，感到万分惊愕。

吃完饭，近子起身去准备茶具后，菊治又说："假如栗本是推动我们的命运，那么我与稻村小姐对这命运的看法，想必截然不同吧。"

他说这句话，有种诡辩的心情。

父亲死后，菊治并不喜欢母亲走进茶室独坐。现在想来，父亲、母亲，还有他，他们各自独坐此处时，想的应该是截然不同的事情。

雨水拍打着树叶。

他又听见了雨水落在伞面上的响动,并且越走越近。不一会儿,用人在纸门外传话道:"太田家来客人了。"

"太田家?是小姐吗?"

"是夫人。也不知怎的,面容挺憔悴,像是病了……"

菊治猛地站了起来,却再没有动作。

"请客人到哪儿去呢?"

"这里就好。"

"是。"

太田的寡妇没有撑伞,想必是放在了玄关。

一开始,菊治还以为她脸上带着雨点,随即反应过来,那是泪水。

因为它止不住地从眼角滑落,打湿了面庞,所以他意识到那是泪水。

尽管菊治刚开始还没那么留心,甚至以为那是雨水,可是在察觉真相后,他惊呼一声迎了上去。

"哎,你怎么了?"

夫人跪坐在雨廊上,双手撑在身前。

她像是朝着菊治的方向,柔柔地倒下了。

雨廊边缘被点点的水珠打湿了。

那泪水连绵不绝,让菊治又误以为是雨点。

夫人凝视着菊治，依旧像是支撑着自己的身子以免跌倒。菊治也感到，一旦挪开了目光，就会十分危险。

夫人眼窝凹陷，挤出了细密的皱纹，眼底挂着浓浓的阴影。憔悴的皱褶叠成了双眼皮，悲怆的目光笼罩着一层泪影，饱含着难以言喻的柔情。

"对不起。我想见你，便怎么都坐不住了。"夫人温顺地说着，连她的姿态都散发着无尽柔情。若没有这份柔情，夫人便是憔悴到了极点，令菊治都不忍直视。

夫人的痛苦深深刺中了菊治的心。他知道痛苦的源头是自己，却好像陷入了夫人的柔情中，缓解了自己内心的痛苦。

"这样会淋湿，你进来吧。"

菊治突然从夫人的背后环抱住她的胸口，宛如拖拽一般拉她起来了。这动作多少显得有些残忍。

夫人尝试用自己的双腿站起来："快放开我，放开我。我很轻吧。"

"是的。"

"这段时间，我瘦了许多。"

菊治猛地抱起夫人，同时内心也为这样的自己感到万分惊讶："小姐不会担心你吗？"

"文子？"

夫人这么一叫,让他以为文子也来了:"小姐也来了吗?"

"我是瞒着那孩子……"夫人啜泣着说。

"那孩子说什么都要盯着我。即使是深夜,只要我发出一点动静,她就立刻醒了。那孩子好像因为我变了许多,还问我为什么只生了她一个孩子,为什么不给三谷老爷也生个孩子,这多可怕啊。"说着说着,夫人坐直了身子。

菊治从她的话中听出了小姐的悲伤。那恐怕是文子不忍看见母亲的悲痛,才产生的悲痛吧。可是万万没想到,文子竟会问母亲为何不给菊治的父亲生个孩子,这深深刺痛了菊治。

夫人还在定定地注视着他:"她今天可能也会追过来,因为我是趁她不在偷偷跑出来的……她可能觉得我下雨不会出门。"

"下雨?"

"是呀,她觉得我已经虚弱得下雨天出不了门了。"

菊治只是点点头。

"前些天,文子来找过你吧?"

"是的。她叫我原谅她的母亲。被小姐这么一说,我真不知该如何回答。"

"我明明很清楚那孩子的心情,怎么非要跑来见你呢?

唉，多可怕呀。"

"可我很感谢夫人。"

"真是谢谢你了。本来只要这样就已经够好了……但我后来却那么痛苦，真对不起呀。"

"夫人其实是无拘无束的，不对吗？如果非要说有拘束，也只是我父亲的亡魂而已。"

然而，夫人的脸色还是没有改变。菊治觉得自己像在隔靴搔痒。

"不如忘了吧，"夫人说，"我也不知道怎么了，竟在电话里对栗本老师那么生气。"

"栗本打电话给你了？"

"是呀，今早打的。她说你跟稻村家的雪子小姐定下了……也不知为何要专门通知我。"太田夫人眼里又噙着泪水，却对他露出了微笑。那并非啼哭中的微笑，而是天真烂漫的笑容。

"还没定下来呢。"菊治否认道，"会不会夫人让栗本察觉到了我俩的事情？那之后，你见过栗本吗？"

"没有见过。不过她是个敏感得可怕的人，也许已经知道了。今早她打电话来，一定也起疑了。是我不好。我听了那个消息险些晕过去，还大声叫了起来。即使是电话，她肯定也猜到了。她对我说,夫人,你不要插足这件事。"

菊治皱起了眉,突然说不出话来。

"插足,怎么会呢……你跟雪子小姐的事情,我只觉得自己做了错事。可是我从今早就特别害怕栗本老师,真的心惊胆战,怎么也无法待在家里了。"夫人像中邪一般颤抖着肩膀,撇着一边的唇角,几乎要翻白眼了。此时此刻,她身上显现出了年龄的丑陋。

菊治站起来走过去,抬手按住夫人的肩膀。夫人抓住了他的手。

"我好怕,我真的好怕。"她惊恐地四下环顾,突然松懈下来,"这是你家的茶室?"

菊治一时间没明白她的意思,只得含糊地回答道:"嗯。"

"真是个好茶室。"不知夫人是想起了死去的丈夫常被邀请到这里,还是想起了菊治的父亲。

"你第一次来吗?"菊治问道。

"是呀。"

"你在看什么?"

"不,没什么。"

"那是法桥宗达的歌仙绘。"

夫人点了一下头，就没再抬起。

"你以前没来过我家吗？"

"没有，一次都没有。"

"真的吗？"

"不对，是有一次，是你父亲的告别仪式……"

夫人沉默了。

"水烧开了，你可以做茶吗？也许能缓解疲劳。我也想来一杯。"

"好。真的可以吗？"

夫人想站起来，却摇晃了几下，稳不住身子。

菊治从摆在角落的盒子里取出了茶碗等用具。他发现这是稻村小姐昨天用过的茶器，但还是照样拿了出来。

夫人试图拿开水壶的盖子，但是手控制不住地颤抖，盖子碰到壶身，发出轻微的摩擦声。

她拿着水勺，倾着身子，泪水滴落在壶身上。

"这个壶也是你父亲从我这里买走的。"

"是吗，我都不知道。"菊治说。

即使夫人说那是她亡夫曾经拥有的壶，菊治也并不反感。对于坦白这件事的夫人，他也没有异样的感觉。

夫人做好茶后，对他说："我拿不起来，你过来吧。"

菊治走到水壶旁，在那里喝了茶。

夫人像晕厥一般，倒在了菊治的腿上。菊治搂着她的肩膀，夫人背部微微一颤，气息像是微弱了许多。菊治像是抱着年幼的孩子，只觉夫人的身体是如此的柔软。

三

"夫人。"菊治用力摇晃着她。

他像要掐住脖子一般，双手放在她的喉头与胸口。她的肋骨明显比以前更凸出了。

"夫人，你能分清我与父亲的不同吗？"

"你好残忍。别说了。"她闭着眼，声音甜腻。

看来她还不想从另一个世界归来。

菊治并非质疑夫人，反倒是在道出心底的不安。

菊治似乎毫无抵抗地被引诱到了另一个世界。那只能是另一个世界。在那里，菊治与父亲几乎不存在区别。他在事后萌生了这样的不安。

他觉得夫人是个非人类的女人。是先于人类的女人，或者人类最后的女人。

他怀疑，夫人一旦进入另一个世界，就不再能区分她死去的丈夫、菊治的父亲，还有菊治。

"你想起父亲时，我与父亲其实是合二为一的吧。"

"别说了。唉，多可怕呀。我真是个罪孽深重的女人。"夫人眼角滑落一行泪，"唉，我好想死。我真的好想死。如果能现在就死去，那我该多幸福啊。菊治少爷，你刚才是不是要掐我的脖子？为什么没有下手呢？"

"别说笑了。不过你这么一说，我还真的想掐下去。"

"是吗？那太好了。"夫人伸直了本就修长的脖子，"我瘦了，很容易掐住。"

"你忍心留下小姐，独自死去吗？"

"不。可是再这么下去，我也只会力竭而死。我想把文子托付给菊治少爷。"

"你是让我把小姐当成你吗？"

夫人猛地睁开了眼。

菊治也被自己的话吓了一跳。他万万没想到自己会说出这种话。夫人会作何感想呢？

"你瞧，我的心跳这么乱……已经活不久了。"夫人抓着菊治的手，放在自己的乳房下方。也许那是听了菊治的话语，受到惊吓的悸动。

"菊治少爷，你多大了？"

菊治没有回答。

"不到三十吧？我真是个坏人，是个可悲的女人。我真的不明白。"夫人一只手撑着自己起身，叠着双腿变成了坐姿。

菊治也重新坐了下来。

"我来不是为了破坏菊治少爷和雪子小姐的婚事。不过，这也是最后一次了。"

"婚事还没确定下来呢。不过你能这样说，就像洗清了我的过去。"

"是吗？"

"那个说媒的栗本，原本也是我父亲的女人。那家伙曾经喷吐了多少恶毒的话语。你是父亲最后的女人，我认为父亲也感到很幸福。"

"你早点跟雪子小姐结婚吧。"

"那是我的事。"

夫人呆呆地看着菊治，面颊上突然没有了血色，还捂住了额头："哎呀，我觉得天旋地转。"

夫人执意要回去，于是菊治叫来汽车，自己也坐了上去。

夫人闭着眼，靠在车子角落。她的样子无比孱弱，甚至像是奄奄一息。菊治没有进夫人家的门。下车时，夫人冰冷的指尖，像是从菊治的掌心蓦然消失了。

凌晨两点左右,文子打来了电话。

"请问是三谷先生吗?家母刚才……"她顿了顿,坚持说了下去,"去世了。"

"什么?令堂怎么了?"

"她去世了。是心力衰竭。这段时间她每天都要吃好多安眠药。"

菊治无言以对。

"那个,我想请三谷先生帮个忙。"

"嗯。"

"三谷先生如果有相熟的医生,能请你带他过来吗?"

"医生?要医生吗?我这就去找。"

医生竟然没来吗?菊治先是感到震惊,随即恍然大悟。

夫人是自杀。文子来找菊治,就是要请他帮忙掩盖这件事。

"我知道了。"

"拜托你了。"

文子一定是想了好久才给菊治打的电话,所以她的语气才会那么生硬。

菊治坐在电话旁,闭上了眼。

他脑中浮现出自己与太田的寡妇在北镰仓留宿后,于回程的电车中看到的夕阳。

那是池上本门寺森林的夕阳。

红日擦着树梢,缓缓滑落。

森林在一片晚霞的映衬下,像一片凸起的黑幕。

流连在树梢的夕阳刺痛了疲惫的双目,菊治闭上了眼。

那一刻,他突然觉得,稻村小姐布包上的白色千只鹤缓缓掠过了燃烧在眼睑背后的天空残影。

绘志野

一

菊治在太田夫人头七的次日，拜访了太田家。

如果等到公司下班，时间已是傍晚，所以他打算早退。然而他一边坐立不安，着急离开，一边又磨蹭到了正式下班都没有走。

文子来到玄关开了门。

"哎呀！"她双手撑在地上，抬头看着菊治，像是在支撑着突然开始颤抖的肩膀，"谢谢你昨天送来的花。"

"不用。"

"我见有花，还以为你不来了呢。"

"是吗？但也有先送上花，过后再来的吧。"

"不过，我没想到那么多。"

"其实昨天我也走到了附近的花店……"

文子安静地点点头:"花束上虽然没有姓名,可我一看就知道了。"

菊治又想起了昨天的情景。他在满室的鲜花包围下,默默回忆了太田夫人。

他还想起,扑鼻的花香,仿佛减轻了他对罪孽的恐惧。

今日,文子又温柔地接待了菊治。

文子穿着白底的棉布衣服,脸上不施脂粉,只在略有点干燥的唇瓣上涂了淡淡的口红。

"我只觉得昨天不应该上门拜访。"菊治说。

文子保持跪坐的姿势,转身面向侧面,请他进了屋。

刚才文子在玄关说那些客套话,也许是不希望自己哭泣,现在二人以相同的姿势对坐,她会不会忍不住流泪呢。

"只是收到花,我已经很高兴了。不过,昨天你大可以来呀。"她跟随菊治走进屋说道。

菊治故作轻松地回答:"要是让你家亲戚看见了,那多不好啊。"

"我已经不在意那些事了。"文子坚定地说。

里屋摆着骨灰盒,前方还立着太田夫人的照片。

花只有菊治昨天送的那些。

菊治没想到会这样。莫非文子把别的花束都收起来,只留下了菊治的花束？

但是菊治转念又想，昨天那场头七，或许十分冷清。

"那是个水指啊。"文子知道菊治说的是花瓶。

"对，我觉得正合适。"

"看着像是很不错的志野呢。"

不过这个水指尺寸有点小。他送的是白玫瑰与浅色康乃馨的花束，与圆筒形的水指很般配。

"母亲有时也用它来放花，所以就没卖掉。"

菊治坐在骨灰盒前点了一炷香，然后双手合十，闭目默祷。他想道歉，但是心中又涌出了对夫人的感谢之情，让他险些沉湎其中。

夫人是否经受不住罪孽的重压，在走投无路之后死了？又或者，她被深深的爱所淹没，不知如何抑制，所以死了？这一个星期，菊治始终在思考，害死夫人的究竟是爱，抑或是罪？

如今，他在夫人的骨灰前合上双眼，眼前虽没有浮现她的肢体，却感受到了她令人沉醉的触感，仿佛被她的温柔轻轻包裹。说来奇怪，菊治丝毫不感到这有什么异样，而这也是因为夫人。记忆中的触感生动地复苏，那并非雕刻的感觉，而是音乐的感觉。

夫人死后，菊治夜不能寐，只得在酒里加了安眠药。尽管如此,他还是梦多易醒。但他并非遭到了噩梦的侵袭,甚至在半梦半醒之间,感受到了甜美的陶醉。即使在梦醒之后,菊治依旧久久沉浸其中。菊治很奇怪,难道已经死去的人,还会在梦境中让人感受到她的拥抱吗?凭他浅薄的经验,万万料不到这点。

"我真是个罪孽深重的女人。"

夫人在北镰仓的旅馆说过这句话,在菊治家的茶室也说过这句话。那句话引来了夫人妩媚的轻颤与抽泣。此时菊治坐在夫人的骨灰前,想到自己害死了她。而他心中的罪恶,又让他想起了夫人的这句话。

菊治睁开双眼。

文子在身后抽咽了一声。也许她一直在饮泣,不小心发出了声音,然后又忍住了。

菊治没有挪动,背对着她问:"这是什么时候的照片?"

"五六年前吧。我把小照片放大了。"

"是吗?这是点茶的照片吧。"

"哎,你看出来了呀。"

那是一张放大了面部的照片。衣襟交错的部位以下以及双肩的两端都被切去了。

"你怎么知道这是点茶的照片?"文子说。

"我只是有所感觉。因为她垂着眼,像在专心做什么事情。虽然看不见肩膀,但能看出身体是挺直的。"

"这张照片不是正面,我觉得有点不太合适,但母亲生前很喜欢,我还是用了。"

"她看起来很恬静,是张不错的照片。"

"不过这个角度还是不好。因为客人来上香时,照片并没有正对着他们。"

"哦?这倒也是一个问题。"

"在客人眼中,母亲就是侧着脸,还低着头呀。"

"是啊。"

菊治想起了夫人去世前一天做的茶。

夫人拿着水勺,泪水滴在了水壶上。菊治凑近过去,拿起了茶碗。未等他喝完,水壶上的泪已经干了。他刚放下茶碗,夫人便向他倒了下来。

"拍这张照片时,母亲还很丰满呢。"文子顿了顿,又略显犹豫地说,"不过,摆一张这么像我的照片,我还是很害羞。"

菊治猛地转过头去。

文子垂着眼,一直盯着菊治的背后。

菊治必须离开灵位,与她相对而坐了。

只是,他真的能说出向文子道歉的话语吗?

所幸花束用了志野的水指,菊治在水指前微微附下身,像欣赏茶器般凝视了一会儿。

白釉里透着一丝红晕,就像冰冷又润泽的肌肤。菊治忍不住轻轻抚摩。

"手感温软,像梦一样。我也很喜欢这样好的志野。"他本想说像温软的女人的梦,最后略去了"女人"。

"你若是喜欢,就拿去吧。作为母亲的纪念品。"

"不了。"菊治慌忙抬起头。

"要是不嫌弃,你就拿去吧。母亲也会高兴的。那好像是个很不错的东西。"

"好东西当然是好东西。"

"母亲也是这样对我说的,所以我才把你的花放在里面。"

菊治突然热泪盈眶:"那我就收下吧。"

"母亲一定会高兴的。"

"但我要了这水指也没有用,只能拿来当花瓶。"

"母亲也用它当过花瓶,没关系的。"

"花也不是茶室用的花。让茶具远离茶道,恐怕不合适吧。"

"我也打算不再学茶了。"

菊治回头看了她一眼,随后站了起来。他把靠屋里的坐垫移到靠外廊的地方,重新坐下了。先前,文子只是远远地守在菊治身后,没有用坐垫。菊治这么一动,文子就像被独自留在了屋子中央。她握紧原本轻轻放在膝头的手,像是为了抑制颤抖。

"三谷先生,请你原谅母亲。"文子说完,垂下了头。

菊治吓了一跳,以为她会突然倒下。

"你说什么呢。希望得到原谅的,其实是我才对。而我甚至说不出口。因为我没有资格乞求原谅,又不敢面对文子小姐,所以一直没能来见你。"

"该羞耻的是我们,"文子脸上果然泛起了羞色,"我羞得不想做人了。"

不施脂粉的脸蛋和白皙修长的脖子渐渐染红,透出了文子内心的苦闷。

那淡淡的血色反倒让文子有种贫血的气质。菊治胸中一紧。

"我还以为你会十分憎恨我。"

"怎么会憎恨你呢?母亲难道憎恨过你吗?"

"不,可我不是害死了令堂吗?"

"母亲是自己死的。我是这样想的。母亲去世后，我独自思考了整整一个星期。"

"你一直独自待在家里吗？"

"是的，因为在此之前，我也是与母亲相依为命。"

"而我却害死了你的母亲。"

"是她自己死了。如果你觉得是你害死了她，那我更是害死了她。如果我要因母亲的去世而憎恨什么人，恐怕会憎恨我自己。如果别人为此感到愧疚或后悔，那母亲的死就会蒙上阴影，变成不纯洁的东西。我认为，活着的人若是一味后悔内疚，会让死去的人肩负重担。"

"你说得有道理，但如果我没有与令堂……"菊治没有说下去。

"只要去世的人能够谅解，那样就足够了。母亲之所以死去，或许也是想得到你的原谅。你能原谅她吗？"文子说完，起身走了出去。

菊治听了文子的话，感到脑中有一块幕布缓缓落下。

他真的能为死去的人减轻负担吗？为死的人忧愁，恰似羞辱死去的人，往往是个浅薄而错误的选择吗？死者不会将道德强加于生者头上。

菊治又一次看向了夫人的照片。

二

文子抱着茶盘进来了。

上面放着赤乐与黑乐①两个筒形茶碗。

她把黑乐茶碗递给了菊治。里面是粗茶。

菊治捧起茶碗,看了一眼底部的乐印,漫不经心地问:"这是谁的?"

"应该是了入②的。"

"赤乐也是?"

"对。"

"这是一对茶碗吧。"菊治看向红色茶碗。

文子将它放在了自己的膝前。

这对筒状茶碗很适合用作日常的茶杯,可是菊治突然产生了令人不快的想法。

文子父亲去世,菊治父亲还在世时,每次菊治的父亲来找文子的母亲,这对乐茶碗恐怕都充当了茶杯。菊治的父亲用黑

---

①乐氏烧制的赤釉、黑釉两种陶茶碗。
②了入(1756—1834),乐氏家第九代吉左卫门的称号。

乐，文子的母亲用赤乐，俨然是一对夫妻茶碗。

了入的作品不算非常珍贵，也许还充当了二人的旅行茶碗。假设文子知道这件事，还特意用这对茶碗招待菊治，那不就是坏心眼的恶作剧吗？然而，菊治并没有看出暗中讽刺和谋划的蛛丝马迹。他只感受到了年轻姑娘单纯的感伤。那种感伤甚至影响了菊治。

文子和菊治都因为文子母亲的死而疲惫不堪，以至于沉浸在这种异样的感伤中无法自拔。如今这成对的乐茶碗，又加深了两人共通的悲伤。

菊治父亲与文子母亲的关系，文子母亲与菊治的关系，还有母亲的死，文子了如指掌。

二人隐瞒了文子母亲自杀的事实，使他们成了共犯。

文子眼眶微红，像是在倒茶时哭泣过。

"今天能来拜访，真是太好了。"菊治说，"刚才文子小姐说的话，也可以理解为生死相隔的人再也无法原谅与被原谅，但是能否请你这样想，我已经得到了令堂的原谅呢？"

文子点点头："如果不这样，母亲也得不到原谅。不过我猜，母亲也许始终无法原谅自己。"

"不过，我来到这里与你相对而坐，也许是件可怕的事情。"

"为什么？"文子看着菊治问道，"死是一件坏事吗？母亲去世的时候，我也感到很生气，认为她无论受到多大的误解，都不能轻易抛弃生命。因为死亡就是拒绝一切的理解。谁也不会原谅这件事。"

菊治保持着沉默。他想，也许文子也曾尝试思索死亡这个秘密。他感到很意外，没想到文子会说死亡是拒绝一切的理解。此时此刻，菊治所理解的夫人与文子所理解的母亲，也许大不相同。文子无从了解身为女人的母亲。无论是原谅，还是被原谅，菊治始终被包裹在女人身体的温软与梦幻之中。甚至看着这对红、黑两色的乐茶碗，菊治也能感受到它们散发出的梦幻。文子不了解那样的母亲。来自母体的孩子，却不了解母亲的身体，这话听起来虽然微妙，但母亲的身体同时也微妙地转移到了女儿身上。

文子来到玄关迎接时，菊治感到了熟悉的温软。那也是因为他从文子柔和的圆脸中，看见了她母亲的影子。假如夫人因为在菊治身上看到了他父亲的影子，因此犯下错误，那么菊治在文子身上看到她母亲的影子，便是一个令人毛骨悚然的诅咒，而他又丝毫无法抵抗。

菊治看着文子略显干燥的嘴唇，知道自己无法抗拒这个人。他该如何抗拒这位小姐呢？

"令堂是因为太温柔了,所以无法活下去。"菊治感慨万分,开口说道,"但我对她太残酷了。我猜,我是用那样的方式,把自己道德上的不安完全推给了令堂。因为我是个胆小而卑鄙的人……"

"是我母亲不好。母亲太没用了。无论是令尊的事情,还是你的事情,我都觉得是母亲的性格所致。"文子涨红了脸,面色比刚才更红润了。

菊治稍微垂下头,转移了目光。

"但是在母亲去世的第二天,我渐渐发现了她的美。这也许与我的想法无关,是母亲兀自散发出了她的美。"

"对于已死之人来说,也许都一样吧。"

"虽然母亲可能是忍受不了自身的丑陋,所以才死了……"

"我认为不是这样。"

"后来,我就很悲伤,很难耐。"

文子眼中浮现出泪光。她想说的也许是母亲对菊治的爱。

"死去的人已经永远拥有了我们的心,不如珍重这种感情吧。"菊治说。

"可是,他们都死得太早了。"

菊治说的是他与文子的双亲,文子似乎也明白了。

"你与我都是独生子。"菊治继续道。说完这句话，菊治意识到，如果太田夫人没有文子这个女儿，他也许会因为夫人沉浸在更黑暗歪曲的心境中。

"听令堂说，文子小姐对我父亲也很好。"菊治终于忍不住说了出来。他自认为这句话说得很自然。

他觉得可以跟文子提起父亲与太田夫人有染，进出这个家的事情。

可是，文子突然双手点地，说道："请原谅母亲吧。她实在太可怜了……从那时候起，母亲就已经无比虚弱了。"说完，她伏在地上一动不动，接着竟卸去了力气，啜泣起来。也许没想到菊治会来，文子今天没有穿袜。她蜷缩着身子，像是要把赤裸的足底藏在身后，看起来惴惴不安。散落在榻榻米上的发丝，就落在赤乐圆筒茶碗旁。文子双手掩着流泪的面庞走出去了。

她许久没有回来，菊治便走向了玄关。

"今天我就先告辞了。"

此时，文子抱着一个布包走了出来。

"你别嫌笨重，请把这个拿走吧。"

"嗯？"

"志野。"

文子已经拿出花束、倒掉里面的水、擦拭干净后装在盒子里包了起来。见她动作如此之快，菊治吃了一惊。

"你今天就要给我吗？那里面的花呢？"

"请你带走吧。"

菊治心想，文子也许是过度悲伤，动作才会如此之快。

"那我就收下了。"

"本来应该送上门去的，但我不能去。"

"为什么？"

文子没有回答。

"那你保重。"

菊治转身要离开。

"谢谢你。那个，希望你别再想母亲的事情，早点结婚吧。"文子说。

"你说什么？"

菊治转过头，但文子一直俯身行礼，没有看他。

三

菊治拿了志野的水指回家，在里面插了白玫瑰与浅色的康乃馨。

太田夫人死后,他似乎渐渐爱上了她。

而且,他还是因为见了文子,才意识到了自己对夫人的爱。

星期日,菊治给文子打了电话。

"你一个人在家吗?"

"是,多少有点孤单。"

"一个人待着可不好。"

"是呀。"

"我隔着电话都能听见你家的寂静了。"

文子轻笑了几声。

"不如叫些朋友来玩吧?"

"可是如果叫人来了,我总觉得母亲的秘密要被发现……"

菊治不知如何回答。

"你一个人也不好出门吧。"

"不会,我一个人也敢出门。"

"那请你到我家来吧。"

"谢谢你,下次吧。"

"身体怎么样?"

"我瘦了一点。"

"能睡着吗?"

"晚上几乎不能合眼。"

"那可不行。"

"我可能这几天就把家里收拾收拾,住到朋友家去了。"

"这几天是什么时候?"

"我想把房子卖掉。"

"家里的房子?"

"是。"

"你要卖掉吗?"

"是。你不觉得应该卖掉吗?"

"我不知道。其实我也想卖掉自己家的房子。"

文子沉默不语。

"喂?这种话在电话里不好说啊。我星期日都待在家里,你要来吗?"

"好。"

"你给我的志野,我用来放西洋的花了。若是你来,就用它当水指……"

"点茶?"

"也不一定要点茶,只是这志野不发挥一次水指的作用,实在有些可惜。何况茶具就该与别的茶具放在一起,互相映衬，才能展现出真正的美呀。"

"可是现在的我比你上回见到的我更憔悴了，我不好意思见你。"

"家里没有客人。"

"可是……"

"这样啊。"

"再见。"

"你要保重。好像有人来了，下次再聊。"

来客是栗本近子。

菊治绷着脸，不知刚才的电话是否被听去了。

"在家待着也闷，加上难得的好天气，我就出来了。"

近子还在打招呼，眼睛已盯上了志野。

"渐渐入夏之后，茶会也少了，我便想在你家的茶室坐坐……"

近子放下了礼品和扇子。

"不然茶室又该一股霉味儿了。"

"也是啊。"

"这是太田家的志野吧。请让我看看。"

近子不着痕迹地说完，朝鲜花凑了过去。

她轻触志野，低头打量了一会儿，厚实的双肩突然紧绷，仿佛要喷吐毒气了。

"您买下了它吗？"

"不，是人家给的。"

"这个？那可真是厚礼啊。这算是留作纪念的遗物吧。"

近子抬起头，坐正了身子。

"这么贵重的东西，您还是应该买下吧。若是小姐送的，恐怕不太妥当。"

"嗯，我考虑考虑。"

"请务必这样。我那儿也有太田家的茶具，都是你父亲以前买下来的。在那家夫人跟了你父亲之后也……"

"我不想听你说这种事。"

"好吧好吧。"

近子满不在乎地离开了。

他听见近子与用人说话。接着，又看见她穿着围裙过来了。

"太田家的夫人是自杀吧。"她突然地问道。

"不是。"

"这样啊。我就是突然想到了。那位夫人总是散发着一股妖气。"近子看着菊治，"你父亲也说过，那位夫人是个不明事理的女人。虽然女人看女人的角度不一样，但我也觉得她像个一直都没长大的小姑娘。她太黏人了,跟我们不是一路人……"

"请你别再讲死人的坏话了。"

"话是这么说,可是那死人还捣乱了菊治少爷的亲事啊。你父亲生前也因为那位夫人吃了不少苦呢。"

菊治想,吃了不少苦的,其实是近子吧。近子与父亲只有过短暂的露水情,虽然近子并没有因为太田夫人受过什么委屈,然而正因为太田夫人与父亲的交往一直持续到了父亲去世,近子才万分憎恨她。

"像菊治少爷这样的年轻人,一定看不透那位夫人。现在她死了,反倒对你有好处啊。我是说真的。"

菊治转开了头。

"她怎么能妨碍菊治少爷的婚事呢。她肯定是很清楚这样不好,却压抑不住自己的魔性,所以才死了。照那个人的性格,她肯定是想死了还能见到你父亲吧。"

菊治感到浑身发冷。

近子走到庭院里,说道:"我去茶室静一静。"

菊治呆坐了一会儿,凝视着鲜花。

白色与淡红色的花瓣,与志野的色彩融为了一体。

他想起了独自在家中痛哭的文子。

母亲的口红

一

菊治刷了牙回到卧房,用人正在给葫芦形状的壁挂花瓶插朝颜花。

"我今天会起来。"菊治说完,又钻进了被窝。

他仰面躺着,扭头看着房间角落里的花。

"我见开了一朵。"

用人已经退到了隔壁房间:"您今天也休息吗?"

"对,再休一天。但我要起来。"菊治患了感冒头痛难耐,已经休息了四五天没去上班。

"开在哪儿了?"

"院子边上长茗荷的地方,开了一朵。"

那也许是自己悄悄长出来的藤蔓。瓶里的花是随处可见的蓝色,藤蔓纤细,花与叶都很小。

不过陈旧发黑的红漆葫芦瓶衬着绿叶与蓝花，显得分外清凉。她是父亲生前便在家中做事的老用人，常会自作主张地做这些事。

那壁挂花瓶上还能看见颜色褪了几分的花押，陈旧的收纳盒上也印着宗旦的标记。假设是真的，那葫芦便有三百年的历史了。菊治不了解茶道的花，用人也并非有所心得。只不过，若是早晨的茶会，用朝颜似乎也并无不可。

传承了三百年的葫芦里插着朝生夕逝的朝颜，菊治心有所感，定定地看了一会儿。同样是三百年前的志野水指，用来放了西洋的花束。相比之下，这二者的搭配倒是更有意境。但他也有不安，不知这朝颜被摘下后，究竟能盛开多久。

用人来送早饭时，菊治说："本以为那朝颜很快就要凋零，看来并非如此啊。"

"是吗？"

菊治想起，他曾想在文子送给他以纪念自己母亲的志野水指中插一束牡丹。

得到水指时已经过了牡丹的花季，但是那时候，应该还有尚在盛开的牡丹。

"我都忘了家里有那个葫芦。亏你能找得出来。"

"是啊。"

"你见过父亲用它插朝颜花吗？"

"没有。我只是想，朝颜与葫芦都是藤上生长的，也许能配在一起……"

"哦？都是藤上的……"

菊治笑着，全身松懈下来。

看了一会儿报纸，他觉得头昏脑涨，便在会客间躺下了。

"褥子还铺着吧？"

菊治说完，正在洗刷碗筷的用人擦了擦手走过来说："我先去收拾收拾。"

菊治再走进卧房时，壁龛的朝颜已经不见了。

"嗯？"

也许用人不想让他看见凋零的花。

朝颜与葫芦都是"藤上生长的"，这个说法让他忍俊不禁，看来父亲对生活的讲究，还以这种方式残留在用人心中。

然而，壁龛中央依旧放着那个志野的水指。若让文子看到了，她一定会感到冒犯。从文子家带回水指时，菊治马上插上了白玫瑰与浅色康乃馨。因为文子正是用它在母亲的骨灰盒前供奉了同样的花。那束白玫瑰和康乃馨，是菊治在文子母亲的头七那天送过去的。拎着水指回家时，菊治又在同一家花店买了跟昨天同样的花。但是在那之后，光是触碰到水指，菊治就感到内心一阵悸动,再也没有插花在里面。

有一次,他走在路上,注意到前方有个中年妇女,突然感到强烈的吸引,并且在意识到自己的反应后,阴沉着脸喃喃:"真是罪人啊。"

其实那个人的背影与太田夫人并不相似。只是腰部有着与夫人一样的丰腴。

那个瞬间,菊治感到了令他浑身震颤的渴望,但心中也同时涌出了甜美的沉醉与可怕的惊诧,仿佛从滔天的罪恶中猛醒过来。

"究竟是什么人让我成了罪人?"菊治喃喃着,想要甩开那些思绪,但是他没有得到答案,反倒更想念夫人了。

已逝之人的触感时常以惊人的现实感重现在指尖,菊治不禁想,若不彻底摆脱这种感觉,自己将无可救赎。他想,背德的罪恶,果然让爱欲陷入了病态。

菊治收起志野的水指,钻进了被窝。转头看向庭院,外面开始打雷了。雷声遥远而强烈,隆隆声渐渐接近。树木的枝叶间闪过电光。雨落了下来。雷声开始远离。大雨滂沱,打在泥土上激起点点水花。

菊治爬起来,给文子打了电话。

"太田小姐已经搬走了……"电话另一头的人对他说。

"啊？"菊治惊呆了。

"不好意思，打扰了……"

菊治想，文子真的卖了房子。

"请问您知道她搬去什么地方了吗？"

"哦，请等一等。"

接电话的人像是用人。

那人很快就拿起了电话，像照着念一般说出了地址。她说这个地址是"寄宿户崎家"，还给了电话号码。

菊治拨通了号码。

文子开朗地接了电话："久等了，我是文子。"

"文子小姐吗？我是三谷。刚才我给你家打了电话。"

"对不起。"文子压低声音时，听起来很像她的母亲。

"你什么时候搬走的？"

"嗯，那个……"

"怎么不告诉我呢？"

"我最近一直都住在朋友家。房子已经卖掉了。"

"哦。"

"其实我犹豫过到底要不要告诉你。一开始不准备说，也觉得不能说，可是这几天又觉得不说不好了。"

"那当然啊。"

"哦?你真的这样想吗?"

聊着聊着,菊治感到自己的心灵得到了涤荡。原来通电话也会有这种感觉吗?

"你还记得那个志野的水指吗?我一看到它,就特别想见你。"

"是吗?我家还有一个志野,是小服的筒茶碗。那天我本想连水指一起给你,可是母亲用它当了茶杯,上面还渗透了她的口红……"

"哦?"

"母亲是这么说的。"

"茶碗上印着令堂的口红吗?"

"应该不是印着。那个志野原本就带点红色,而且母亲说,口红沾上茶碗,就怎么擦也擦不掉了。母亲去世后,我仔细看了茶碗的边缘,好像是有一块微微发红。"

文子说这话时,好像云淡风轻。

菊治却有点听不下去了。

"这边下了好大的雨,你那边呢?"

"也是倾盆大雨。我害怕打雷,正吓得缩成一团呢。"

"雨停了天气就该清爽了。我休息了四五天,今天也在家里。如果你有空,请过来吧。"

"谢谢你。不过说到拜访，我本打算找到工作再去拜访你。我准备出去工作了。"

不等菊治回答，文子又说道："今天你打电话来，我真的很高兴，所以我就去吧。虽然我觉得不应该再见你了……"

菊治盼着骤雨停歇，便叫用人撤走了被褥。

他竟主动叫文子到家里来，菊治自己都备感惊讶。同时他也没想到，听见文子的声音，竟让他不再苦于自己与太田夫人之间的深沉罪孽。莫非女儿的声音，能让他感到她的母亲还活着吗？菊治拿着刷子在院子的树下甩了甩，让雨水打湿刷毛，好打泡剃须。

临近下午，菊治以为文子来了，走到玄关去迎接，却看见了栗本近子。

"哦，怎么是你。"

"天气热了，就想来看看你。"

"我有点不舒服。"

"那可不好，你脸色有点差啊。"

近子皱着眉凝视菊治。

文子应该是穿洋装过来的，他听见木屐的声音，怎么会误以为来者是文子呢。菊治想着，回答道："你洗了牙吗？看起来年轻了。"

"是呀，趁着梅雨季节的空……虽然有点白了，但很快就要发黄，不算什么的。"

近子走进菊治睡觉的房间，看了一眼壁龛。

"什么都没有，是不是特别清爽。"菊治说。

"是呀，毕竟是梅雨季节。但至少该有点花……"近子转身看着他。

"太田家的志野呢？"

菊治没有说话。

"那个最好还回去吧。"

"那是我的自由。"

"话不能这么说。"

"至少轮不到你来指手画脚。"

"那也不能这么说。"近子露出雪白的假牙笑着说，"今天我来，就是要给你提个醒。"

说完，她突然伸出双手，朝两边一挥，仿佛要拂去什么东西："我得驱散这个家里的魔性。"

"你少胡言乱语。"

"我作为媒人，今天就要求你这么做。"

"如果你说的是稻村家千金的事情，虽然你一番好意，但我不能接受。"

"别这样呀。如果你不喜欢我这个媒人就直说,别那么小气,浪费了大好的姻缘。媒人只是桥梁,桥梁可以踩踏。你父亲也是这样用我的。"

菊治露出了厌恶的表情。

近子只要说开了,总习惯绷着肩膀。

"没什么好隐瞒的。我跟太田家的夫人不一样。我无足轻重。我早就该放下心防,与你开诚布公地谈一谈了。是的,很遗憾,我连你父亲的情人都算不上。只算是一个过客……"

她垂下了头。

"可是,我不恨他。因为后来那些日子,只要能用到我,他都会毫无顾虑地叫我过来……男人都这样,就是有过一些亲密来往的女人,才更好信任。多亏你父亲,我见了不少世面,增长了许多见识。"

"哦。"

"所以,请你利用我的见识吧。"

菊治就这样被她说服了。

近子抽出腰带间的扇子。

"太过像男人,或者太过像女人,都无法培养出完善的常识。"

"是吗?常识原来是中性的呀。"

"你在讽刺我吗？不管怎么说，只要成了中性，就能看清男女两边的心理。太田夫人跟女儿相依为命，最后却抛下女儿死了。你不觉得奇怪吗？我看啊，那人其实早有打算，她希望自己死后，菊治少爷能看上她女儿……"

"你说什么呢？！"

"我细细思索了一阵，突然就察觉到这个问题了。太田夫人似乎用自己的死妨碍了菊治少爷的这场婚事。她不是单纯地死了，肯定另有内情。"

"那都是你胡思乱想。"

菊治虽然这么说，却被近子的胡思乱想深深戳中了内心。

宛如晴天霹雳。

"菊治少爷，你对太田夫人提起过稻村家的小姐吧。"

菊治意识到自己确实提过，但没有承认。

"不是你打电话给太田家，说我的婚事谈成了吗？"

"是，我是告诉她了。我还叫她不要捣乱。当天晚上，太田夫人就死了。"

一阵沉默。

"不过，菊治少爷你怎么知道我打过电话？莫非她来找你哭诉了？"

菊治被问了个措手不及。

"我没说错吧。她在电话里就是这么喊的。"

"那不就成了是你害死她。"

"要是菊治少爷能这样想,心里会好受许多吧。我可以充当敌人。你父亲就是这么安排我的,让我能在需要的时候成为冷酷的敌人。虽不能说就此报答他的恩情,但我今天就是来当敌人的。"

菊治只觉得近子在吐露根深蒂固的嫉妒和憎恨。

"你不必知道背后的事情……"

近子垂眼看着自己的鼻尖。

"菊治少爷只需要把我当成一个多管闲事的讨厌女人就好了……到时候,魔性之女自然会远离,你也能结成良缘了。"

"能不能别说什么良缘了。"

"是,是。我也不想在说太田夫人的时候提起那件事。"

近子的语气稍微缓和了一些:"太田夫人也不是坏人……她什么都没说,只是默默地祈祷自己死后,菊治少爷能照顾她的女儿。"

"你又胡说八道了。"

"事实就是这样。菊治少爷,你真觉得她在世时一次都没想过把女儿托付给你吗?那你就太愚钝了。那人白天黑夜都想着你父亲,像着了魔似的。要说纯情,那也真的是纯情。

她就这么昏头昏脑地带上了自己的女儿,最后还赌上性命……但是在旁人看来,那就是可怕的诅咒。她对你张开了魔性的大网啊。"

菊治凝视着近子的双眼。

近子的小眼睛也直勾勾地看着他。

她的目光坚定不移,菊治只好看向别处。

他现在任凭近子说话,内心无比动摇,固然是因为一开始就有的懦弱。同时,他也被近子奇怪的话语惊呆了。

死去的太田夫人真的希望女儿文子能与自己在一起吗?菊治想都没想过,亦不敢相信。

近子也许只是在喷吐嫉妒的毒火。

她的说法也许跟她乳房上的胎记一样,是无比丑陋的猜疑。

可是,那番奇怪的话语,却像霹雳一般击穿了菊治的心。

菊治感到毛骨悚然。

他难道不也是这样期盼的吗?

在母亲死后移情女儿,这并非前所未有之事。但假如他始终沉醉在母亲的怀抱中,却丝毫不觉那种痴情已经转向了女儿,那就真的成了魔性的俘虏。

菊治现在仍感到,自己在见到太田夫人之后,性格变化了许多。

他有点麻木了。

"太田家的小姐来了,您要见客,我就叫她改天……"用人通报道。

"不用了。她没走吧?"菊治站了起来。

二

"刚才……"

文子伸长了白皙修长的颈子,抬头看着菊治。

她咽喉之下的浅浅凹陷,似乎有些蜡黄。

是光照的问题,还是因为憔悴?看见那片浅浅的阴影,菊治蓦然感到心安。

"刚才栗本来了。"菊治满不在乎地说道。他本是梗着脖子过来的,见到文子后,心情就轻松了许多。

文子点点头:"我看见老师的阳伞了。"

"哦,你说那把蝙蝠伞吗?"

是有一把灰鼠色长柄蝙蝠伞放在门口。

"要不你在偏房的茶室稍等一会儿吧。栗本老婆子很快就走了。"

菊治说着，不由得质疑自己，为何明知文子要来却没有早点赶走近子。

"我是没关系……"

"是吗？那请吧。"

文子像是不知道近子的敌意，经过里屋时，还朝她打了招呼，并感谢她出席了母亲的法事。

近子像查看学生练习茶道一样，稍稍耸起左肩，挺着身子说："令堂是个温柔的人——她活在这个容不下温柔之人的世上，就像一朵鲜花最终凋零了。"

"其实她也不是那么温柔。"

"现在只剩文子小姐一个人，你一定很想念母亲吧。"

文子垂下了目光，地包天的下唇紧紧绷着。

"我猜你可能会孤单，不如去练茶吧。"

"啊，可是我……"

"多少能舒缓心情呀。"

"我已经没有那种条件了。"

"说什么呢？"

近子松开叠在腿上的手。

"梅雨季节好不容易过去了，我今天来，其实就是想给茶室通通风。"说着，她看了一眼菊治。

"既然文子小姐也来了,你觉得如何?"

"什么?"

"把她母亲留下的志野拿出来用用……"

文子抬头看向近子。

"再缅怀缅怀令堂吧。"

"但我不想在茶室流泪呀。"

"有何不可呢,流泪就流泪吧。以后菊治少爷娶了妻,就算再怎么怀念这里的茶室,我也不能随便来啦。"

近子微微一笑,又正色道:"若是菊治少爷跟稻村家的雪子小姐啊,能谈成的话。"

文子点点头,面不改色。可是,她酷似母亲的圆脸上,浮现出了憔悴的气息。

菊治开口道:"八字还没一撇,你说了只会给别人家添麻烦。"

"说的就是能谈成的话呀。"近子反驳道。

"所谓好事多磨,在谈成之前,文子小姐你也别多问了。"

"好的。"文子又点了点头。

近子叫来用人,一起去打扫茶室了。

"这片树荫底下还滴水呢,小心点。"院子里传来了近子的声音。

三

"早上给你打电话,那边都能听见雨声吧。"菊治说。

"电话里也能听见雨声吗?我没注意。不知电话里是否听见了这院子里的雨声。"

文子看向庭院。

草木的另一头,传来了近子在茶室扫地的声音。

菊治也看着庭院说:"我本来也没注意到文子小姐那边的雨声,但是后来感觉听见了。刚才那场雨好大啊。"

"是呀,雷声也很吓人……"

"对,你在电话里也这么说了。"

"在这种毫无用处的地方,我也像了母亲呢。小时候,每次一打雷,母亲就会用衣服盖住我。夏天外出时,母亲还总是看着天空,念叨着今天会不会打雷呀。直到现在,我一听见打雷,都忍不住想用衣服盖住自己。"

文子微微缩起身子,随后站了起来。

"我把那个志野的茶杯带来了。"文子回到里屋后,把布包放在菊治面前。她见菊治没动作,便又拉过布包拆开,露出一个盒子。

"记得你家的乐茶碗，也被令堂用作茶杯了吧。是了人对吗？"菊治说。

"对，母亲说黑乐和赤乐配粗茶或煎茶不好看，就常用志野这个。"

"这样啊。用黑乐喝粗茶，确实看不见茶色……"然而，菊治还是没有动手拿起志野的筒茶碗。

"这应该不是很好的志野。"

"不会。"菊治还是没伸手。

正如文子今早在电话中所说，志野的白釉泛着微微的红色。仔细凝视一番，红色就被白色衬托得更明显了。其杯口隐隐有点淡褐色，而其中一小块，颜色似乎要深一些。那就是嘴唇碰到的地方吗？那里看起来像是染了茶渍，或许也有嘴唇的印记。真的像文子在电话中说的那样，这是她母亲的口红印记吗？

带着这个想法一看，冰裂的纹路好像也染上了红色与褐色混杂的色彩。像是口红褪色，又像是红玫瑰枯萎的颜色——甚至是血迹腐朽的颜色。想到这里，菊治心中一阵悸动。

令人作呕的肮脏和难以抑制的诱惑，同时涌上心头。茶碗筒部是发青的黑色，描绘着宽叶草纹。叶片上还点缀着一丝丝的锈色。草纹单纯而清澈，仿佛洗去了菊治心中病态的爱欲。

茶碗的造型凛然高洁。

"真不错啊。"菊治说着，拿起了茶碗。

"我是不太懂，不过母亲喜欢拿它当茶杯。"

"女人用它喝茶很般配。"菊治通过自己的话语，重新意识到了文子母亲的女人身份。

可是，文子为何会拿这个渗透了母亲唇印的志野过来呢？文子究竟是天真，还是迟钝，菊治无从知晓。但是，他感觉到文子身上有一种顺从。

菊治把茶碗放在腿上缓缓转了一圈，却没有触碰饮口。

"请你收起来吧。让栗本那个老婆子看见了，她又得唠叨一通。"

"好的。"文子装好茶碗，包了起来。她可能想把茶碗送给菊治，但错失了开口的时机。她可能觉得菊治不喜欢那个茶碗。

文子又站起身，把布包放回了玄关。

近子弓着身子，穿过庭院走了过来。

"能请你拿出太田夫人的水指吗？"

"就用我家的吧，太田小姐就在这儿呢……"

"你说什么呢。就因为文子小姐在,所以要用呀。用着夫人留下的水指,咱们一起缅怀她呀。"

"你不是憎恨太田夫人吗?"菊治说。

"怎么会憎恨呢,只是性格不合而已。我憎恨一个死人能有什么用?就是因为性格不合,我不能理解那位夫人,同时也看穿了那位夫人。"

"看来你很喜欢看穿别人啊。"

"那你就小心别被看穿吧。"

文子出现在走廊上,继而坐在了外廊。

近子耸起左肩回过身去。

"文子小姐,就用令堂的志野吧。"

"哦,请用。"文子回答道。

菊治从壁橱里拿出了刚才收好的志野。

近子收起扇子插进腰带,抱着水指的木盒走向了茶室。

菊治走到外廊上说:"今天早上在电话里听到你搬家的消息,我吓了一跳。家里的事情都是你一个人办好的吗?"

"是的。不过买房子的是个熟人,办起来挺简单。那个人住在大矶,原来的房子比较小,说可以跟我置换,可是房子再怎么小,我也没法一个人住。若是要出去工作,还是租房更轻松。所以我就暂时住在朋友家了。"

"工作定了吗?"

"还没有。若是出个什么意外,我就连个依靠都没有了……"文子微笑道,"所以我才想在找到工作后拜访你。现在我既没有房子,也没有工作,像是断了根的浮萍,也不好意思来见你。"

菊治很想说正是这种时候才应该来,可是当他想象孤身一人的文子时,却看不到一丝寂寞。

"我也打算卖掉这座房子,只是一直没有行动。又因为想卖掉,雨槽也没修,榻榻米也没翻新,就这么留着了。"

"你要在这里结婚吧,到时候可以……"文子不假思索地说。

菊治看着她,问道:"你说栗本提的那件事吗?你觉得,我现在能结婚?"

"因为母亲吗?可是母亲让你那么伤心,我觉得你也可以放下她了……"

四

近子确实娴熟,很快就准备好了茶室。

"水指要怎么配?"近子问他,菊治却不知如何回答。

菊治没说话，文子也就没有插嘴。两人都默默凝视着志野的水指。

那天在太田夫人的骨灰盒前，它被用于插花。今天已经变回了水指。

原本属于太田夫人的东西，如今到了栗本近子手上。太田夫人死后，它被传给女儿文子，又由文子送给了菊治。

这水指仿佛代表了奇怪的命运，然而，茶具本身也许都是这样的。在太田夫人得到这个水指之前，它又是被什么样的命运所指引，传承了三四百年？

"放在风炉和铁壶旁边，志野像是个美人呢。"菊治对文子说。

"不过，它的坚强也不逊于钢铁。"

志野的白色肌肤散发出了富有韵味的光泽。

菊治在电话里对文子说，每当他看见这个志野，就会想见她。也许，她母亲的洁白肌肤之下，也蕴藏着女人深邃的坚强。

因为屋里太热，菊治打开了茶室的纸门。

文子身后的窗外，是一片绿色的枫叶。叶片重叠的绿荫，落在文子的头发上。

窗外的阳光洒在文子修长的颈子上，刚换成短袖衣服后露出的手臂白得发青。她体形不算肥胖，肩膀却带着浑圆的线条，连胳膊也显得圆润。

近子凝视着水指说："水指啊，就该用在茶道上，否则焕发不出生机。用来插洋花太浪费了。"

"我母亲也用它来插花。"文子说。

"令堂的遗物竟能来到这里，真的像做梦一样呢。不过，她一定也很高兴吧。"近子也许意在嘲讽。

但是，文子平淡地说："母亲有意把它当作花瓶，我也不打算再练茶了。"

"别这么说。"近子看了一眼茶室。

"虽然平日里四处走动，但还是坐在这里最让我感到心安。"说完，她又看了一眼菊治，"明年就是你父亲的五周年祭了。忌日那天办个茶会吧。"

"好啊。若是用一套彻头彻尾的赝品招待客人，也许会很有趣。"

"说什么呢。你父亲的茶具可没有一样是赝品。"

"是吗。不过全都是赝品的茶会，想必会很有意思。"

然后，菊治对文子说："就连这个茶室，都好像散发着带有霉味的毒气。若是办一场全是赝品的茶会，说不定能驱散这里的毒气。我可以用它来悼念父亲，从此与茶道绝缘。虽然一早就已绝缘了……"

"你的意思是说,我这个老太婆总是自己找上门来,给茶室通风是吗?"

近子一把抓起了茶筅。

"就是啊。"

"我可不这么说。不过,等到结了新缘,大可以切断旧缘。"

说话间,近子已经点好一碗茶,放在菊治面前。

"文子小姐,你听听菊治少爷开的玩笑,就知道令堂的遗物送错了地方吧。我看见这志野,就像看见了令堂的面容呢。"

菊治喝完茶,放下茶碗,突然瞥了一眼水指。

也许黑色的漆盖上,映着近子的身影。

可是,文子却呆呆地不作言语。

究竟文子是打定了主意不抵抗近子,还是要无视她,菊治无从知晓。文子能面不改色地与近子坐在这茶室里,也着实奇怪。近子提起菊治的婚事时,她也没什么反应。早就对文子母女怀恨在心的近子话里话外都带着侮辱的意思,文子却没有表现出反感。

文子真的沉浸在如此深邃的悲伤之中,以至于外部的一切都如同流水般零落了吗?莫非母亲的死,让她从此不在乎这一切了吗?也许她继承了母亲的性格,不抵抗自己也不抵抗他人,始终是个异常纯洁的姑娘。然而,菊治似乎也没有主动守护文子,让她免遭近子的憎恨与侮辱。意识到这一点,他觉得自己才更奇怪。最后,他看到自饮茶水的近子,也觉得万分奇怪。

近子从腰带里掏出了手表:"这手表太小,老花眼都看不清了……把你父亲的怀表送给我吧。"

"没有怀表。"菊治冷冷地拒绝道。

"有啊,他总戴在身上呢。去文子小姐家时,他也总戴着怀表。"近子露出了装傻的表情。

文子垂下了目光。

"应该是两点十分吧,这两根针贴在一起,隐隐约约能看见。"近子换上了一副干练的神情,"稻村家的小姐组织了一个会,今天三点开始练习。我今天来就是想着先找菊治少爷要个准信,再去拜访稻村家。"

"请你明确拒绝稻村家。"菊治说。

"好啦好啦,明确拒绝。"近子笑着搪塞道,"真希望那个会能早点在这个茶室练习呢。"

"那你可以请稻村家买下这座房子。反正我打算卖掉了。"

"文子小姐,咱们一块儿走吧。"近子不理睬菊治,转向文子说。

"好。"

"我这就收拾东西。"

"我帮您吧。"

"那也好。"

然而,近子并没有停下来等文子,径自走向了水房。那里传来了水声。

"文子小姐留下吧,别跟她走。"菊治小声说。

文子摇摇头:"我害怕。"

"有什么可害怕的。"

"我就是害怕。"

"那你就先跟她走,等分开了再回来。"

文子又摇了摇头,松开夏装夹在膝盖后方的皱褶站了起来。

菊治险些向她伸出了手。

因为文子稍微摇晃了一下,她涨红了脸。

被近子说到怀表时,她已是眼角微红,而此时此刻,那羞涩的红晕,像是鲜花般绽开了。

文子抱着志野的水指走向水房。

"哎呀,你果然把令堂的东西拿来啦。"里面传出了近子沙哑的声音。

二重星

一

栗本近子来到菊治家告诉他，文子和稻村家的小姐都结婚了。

正值夏令时节，八点半天色还很亮。菊治吃完晚饭便躺在外廊，凝视着用人买来的萤笼。苍白的萤火染上了黄晕，夕阳已然西下。可是，菊治并没有起来开灯。

菊治向公司申请了夏季休假，到野尻湖朋友家的别墅住了四五天，今天才回来。

那个朋友已经结了婚，还有了个孩子。菊治从未与婴儿相处过，看着那个不知出生了几天，也不知算大还是小的孩子，竟不知如何开口。

他说："这孩子发育不错啊。"

朋友的妻子答道："倒也没有。刚生下来那阵儿可小了，像是一碰就要坏的小可怜。最近总算长大了不少。"

菊治在婴儿面前晃了晃手："他不会眨眼呢。"

"看见是能看见，不过得再过一阵儿才能学会眨眼。"

菊治见那婴儿应该有几个月大了，便猜测大约是百天左右。难怪年轻的夫人头发稀疏、面色苍白，还留有一些产后的憔悴。

朋友夫妻做什么都围绕着那个孩子，眼里只有那个孩子，让菊治感到了疏远，但是乘上回家的火车后，他想起朋友的妻子没精打采、神情憔悴，却痴痴地抱着孩子的纤细身影，却怎么也忘不掉了。他那朋友一直跟父母兄弟同住，第一个孩子出生后没多久，小夫妻两人才搬到湖畔的别墅暂住，也许朋友的妻子因此放松了许多，才会如此痴然。

菊治回到家中，躺在外廊上，带着一种神圣的哀愁，回想着那位夫人的身影。

就在这时，近子来了。

近子大摇大摆地走进屋里，对他说："哎呀，怎么灯也不开。"

接着，她走到菊治双脚旁边坐了下来。

"单身汉真可怜，躺在这儿连个开灯的人都没有。"

菊治缩起双腿又躺了一会儿，最后还是坐起来了。

"别起来呀,躺着吧。"

近子抬起右手示意菊治躺下,随后做了正式的问候。她说自己去了京都,回来的路上又去了趟箱根。她在京都本家见到了开茶具店的大泉,接着说:"我跟他聊了好多你父亲的事情,真是好久没聊了呀。大泉问我要不要看看三谷先生私访的旅舍,后来带我去了木屋町的一个小旅馆。你父亲一定跟太田夫人去过那里吧。大泉还要我在那里落脚呢,真是不解风情。想到你父亲和太田夫人都不在人世了,就算是我,到了晚上也会害怕呀。"

菊治听了这些话,倒觉得近子也不解风情,但没有吱声。

"菊治少爷去了野尻湖吗?"近子显然是明知故问。因为她总是一进门就跟用人打听他的事情,而且从来不叫人通报,擅自登堂入室。

"刚刚回来的。"菊治不高兴地回答。

"我也是三四天前回来的。"近子一本正经地说着,耸起了左肩,"但是我刚回来就听到了惊人的消息,顿觉万分遗憾。我啊,实在不知道该怎么面对菊治少爷了。"

接着,近子告诉他,稻村家的小姐结婚了。

菊治没能掩饰惊讶的神情,好在外廊光线昏暗,才没有被察觉。接着,他不动声色地说:"是吗?什么时候?"

"你这口气,怎么像在说别人家的事情呢。"近子嘲讽道。

"因为我已经无数次让你拒绝了我与雪子小姐的婚事。"

"你嘴上是这么说,其实就想让我充当坏人吧。我本来不想谈,是这个多管闲事的老太婆自己找上门来纠缠,简直烦不胜烦。对不对?不过啊,那家的小姐真的很不错。"

"你胡说什么。"菊治嗤笑道。

"你喜欢那位小姐吧。"

"那位小姐是很好。"

"我已经看出来了。"

"那位小姐很好,不代表我想跟她结婚。"

但是听说稻村小姐结婚的消息,菊治还是心中一颤,继而带着一种强烈的饥渴回忆起了她的面容。

菊治跟雪子只见过两次。

一次是圆觉寺的茶会,近子叫他来看看雪子,还专门让雪子点茶。菊治记得她点茶的样子恬静而优雅,映在纸门上的新叶影子,仿佛照亮了雪子那身振袖的肩膀、衣袂,甚至她的头发。他对这些都有印象,却很难想起雪子的脸。反倒是那时的红色袱纱,还有她走向茶室时手上拎着的白色千只鹤花纹布包,至今仍清晰地留在记忆中。

后来雪子到菊治家来，近子点了茶。到了第二天，菊治仍在茶室中感觉到了那位小姐留下的香气，也清晰记得她的菖兰花样的腰带，却怎么都想不起她的面容。

连三四年前死去的父亲和母亲的面容，菊治都只能模糊地想起来。拿出照片一看，他就明白了。也许越是亲近、越是深爱的人，就越难在心中描绘其面容。反之，越是丑陋的东西，就记得越清楚。

雪子的眉眼和面颊如同光芒，只在他心中留下了抽象的记忆，而覆盖着近子乳房和心窝的胎记，却像蛤蟆一样镌刻在脑中。外廊虽然昏暗，但菊治能猜到近子应该穿着小千谷缩的长襦袢，就算在灯火通明的地方，她胸口的胎记也不可能透出来。可菊治的记忆使他清楚地看见了胎记。正因为光线昏暗，反倒看得更清楚。

"你要觉得她很好，就不该错过。像稻村雪子小姐这样的人啊，世上可只有一个。就算你花一辈子去找，也不可能找到第二个了。这么简单的道理，菊治少爷还没明白。"近子不由分说地评论道，"经验浅薄真是一种奢侈。这下子，菊治少爷和雪子小姐的人生都彻底改变了。那位小姐本来对菊治少爷很上心，若她嫁给别人生活不幸，菊治少爷你也推脱不了责任。"

菊治没有回答。

"你仔细看过那位小姐了,不是吗?如果她几年后开始后悔当初没能跟菊治少爷结婚,又想起了菊治少爷,这样真的好吗?"近子的声音充满了恶意。

既然雪子已经结婚了,近子为何还要说这些无谓的话。

"这种时候还玩萤笼吗?"近子探头过来说,"差不多到秋虫的时节了吧,没想到还有萤火虫呢。跟幽灵似的。"

"是用人买来的吧。"

"用人嘛,也就这种水平了。如果菊治少爷懂得茶道,肯定不会闹这种笑话。日本是讲究季节的。"

近子这么一说,他也觉得萤火有点像幽灵了。菊治想起自己在野尻湖岸听见的虫鸣。还能活到现在的萤火虫,也许确实不可思议。

"要是这家里有夫人,一定不会让你冷冷清清地看着不当季的风物。"近子突然感慨万千地说。

"我本觉得介绍稻村家的小姐,是我为你父亲做的工作。"

"工作?"

"对。可是现在呢,菊治少爷只知道躺在黑乎乎的地方看萤火虫,连太田家的文子小姐也结婚了。"

"什么时候?"

比起雪子结婚的消息,这个消息让菊治更不知所措,甚至来不及掩饰心中的惊讶。近子想必看出了菊治的讶异。

"我从京都回来听见这个消息,也惊得说不出话来。没想到那两个人竟前后脚嫁了人,年轻人真够着急的呀。"近子说。

"听说文子小姐嫁了人,我还寻思这下没人妨碍菊治少爷了,没想到连稻村家的小姐也嫁了人。都是因为菊治少爷优柔寡断,现在连我都在稻村家那里丢尽了脸面。"

菊治还是不敢相信文子结婚了。

"太田夫人即使在死后,也一直拖累着菊治少爷呢。不过文子小姐一结婚,这个家就彻底摆脱了那位夫人的魔性。"近子看向庭院,"干脆趁此机会放下执着,打理打理院子里的树吧。即使这么黑,我也能看见那些树好久没有打理了,阴沉沉的,叫人不舒爽。"

父亲去世四年,菊治从来没请过园丁。庭院里的树木确实一直在恣意生长,仅凭残留着白天暑气的气味就能判断出来。

"家里用人连洒水都不做吧?这种事情你应该吩咐呀。"

"你别多管闲事。"

然而,他虽然很厌烦近子的话,却一直在任凭她说下去。

每次见到近子,他都是这样。

近子满口嘲讽,却一直在讨好菊治,或者试探菊治。他已经习惯了这种态度。菊治会不客气地反驳,也会暗中警惕。近子明知如此,但基本装作不知,只会时不时表露出心知肚明的模样。而且,近子从来不说让菊治猝不及防的嘲讽。她只会无情地指出菊治自身的自我厌恶。

今夜,近子提起雪子和文子结婚的消息,也是为了试探菊治的反应。菊治不知道她为什么这么做,但没有放松警惕。此前,近子希望雪子跟菊治结婚,并让文子远离他,但是那两个姑娘已经结婚了,之后无论菊治怎么想,都轮不到近子说什么。尽管如此,她还是要揭露菊治心中的阴影。

菊治站起来,想打开里屋和外廊的电灯。因为他坐在黑暗中与近子交谈非常怪异,二人也并非如此亲密的关系。尽管聊到了打理树木,但菊治只把它当成近子的闲谈,没有放在心上。话虽如此,他还是不太情愿只为了开灯而起身。

近子虽然一进屋就说灯的事情,倒也没有自己去开。她本来在这些小事上很殷勤,且她的工作也要求这种态度。如此看来,她想必是不愿意为菊治费心了。又或者是近子上了年纪,或是有了身为茶道老师的威严。

"京都的大泉托我带话,如果你想转让茶具,请务必找他。"近子平静地说。

"现在稻村小姐嫁了别人,菊治少爷若是想轻装上阵开始新生活,恐怕用不上那些茶具吧。自从你父亲去世,这个家就用不着我了,那茶室也一样,只在我来的时候通通风,平时都很冷清,不是吗?"

菊治恍然大悟。

近子的目的太明显了。她没能撮合雪子与菊治,知道从菊治这儿捞不到什么好处,所以打算跟茶具店联手,把家里的茶具弄走吧。她这次去京都,也许就是跟大泉谈生意的。

菊治并没有生气,反倒如释重负。

"我都想把房子卖掉了,过后说不定会找他。"

"大泉跟你父亲早有来往,靠他还是放心些啊。"近子补充道。

菊治想,近子可能比他更熟悉家里的茶具。她可能自有打算。

菊治看了一眼茶室的方向。茶室前方有一棵大夹竹桃,上面开满了白花。外面的夜色极深,除了朦胧的白花,连天空与树木的轮廓都难以分辨。

二

下班时间,菊治正要走出办公室,却被电话铃声唤回去了。

"我是文子。"

话筒里传来微小的声音。

"你好,我是三谷……"

"我是文子。"

"嗯,我知道。"

"我知道在电话里说这个很不礼貌,但是不打电话道歉,我怕来不及了。"

"啊?"

"我昨天给你写了信,但是忘了贴邮票。"

"啊?我还没收到……"

"我在邮局买了十张邮票,寄了信,回到家一看,邮票还是十张。当时我可能太迷糊了。除了打电话,我不知道该怎么才能在信寄到前向你道歉……"

"你不用那么在意。"菊治说着,猜想那封信应该是要告诉自己结婚的消息,"你寄给我的是好消息吗?"

"啊……以前都跟你通电话，这回是第一次写信。我不知道该不该寄，想着想着就忘了贴邮票。"

"你在哪里打电话？"

"在公共电话亭，东京站……外面还有人排队呢。"

"公共电话吗？"

菊治有点难以释怀。

"恭喜你。"

"欸？托你的福，我总算……不过，你怎么知道的？"

"栗本告诉我的。"

"栗本老师？她又是怎么知道的。那个人太可怕了。"

"不过你应该不会再见到栗本了吧。上次在电话里，我听见了雨声。"

"你是这么说过。那时我搬到朋友家，也一直犹豫该不该告诉你，这次也一样。"

"我希望你告诉我。因为我从栗本那里听到消息，都不知该不该祝贺你了。"

"就这么没有了音信，真叫人孤单呢。"

她渐渐细微的声音，跟她的母亲有几分相似。

菊治突然沉默了。

"但我真的要失去音信了……"文子顿了顿，又继续道，

"我找到工作时,也租了房子,是个脏兮兮的小房间。"

"啊……"

"这么热的天开始工作,真的很累。"

"是啊,而且你刚结婚……"

"嗯?结婚?你说结婚?"

"恭喜你。"

"欸?我吗?你说什么呢。"

"你结婚了对吧?"

"欸,我吗?"

"你不是结婚了吗?"

"没有呀。我现在哪来的心情结婚呢?我母亲毕竟是那样去世的……"

"哦。"

"栗本老师告诉你的吗?"

"是的。"

"她为什么这么说呢?我真不明白。听了她的话,三谷先生也当真了吗?"

文子像是自言自语地说道。

菊治连忙提高了音量:"电话里说不清楚,能见一面吗?"

"好。"

"我这就去东京站,请你在那里等我。"

"可是……"

"还是约个别的地方碰面?"

"我不想在外面碰面,还是到你家去吧。"

"那我们一起回去吧。"

"一起回去,不就得在外面碰面吗?"

"到我公司来吧。"

"不了,我还是独自登门拜访为好。"

"这样啊。我马上回去,如果文子小姐先到,就请进屋等吧。"

文子若是从东京站乘电车过去,应该比菊治先到。可是,菊治也觉得她可能与自己同乘一辆车,忍不住在人群中四处寻找那张熟悉的面孔。

不过,果然还是文子先到了。

问过院子里的用人,菊治也从正门旁边进了院子。文子坐在白夹竹桃树荫下的石头上。

那天近子走后,用人每天都在菊治回家前洒水,连着洒了四五天。院子里的旧水龙头也还能用。

文子坐的石头底部也沾了一些水。若是厚实浓绿的叶片配红花,那盛开的夹竹桃倒也像是炎天的风物,而现在的一树白花,则更显清凉。满树的花儿轻轻摇动,包裹了文子的身影。文子穿着白色棉布的衣服,翻折的领子和袋口镶着藏蓝色的边。

夕阳穿过文子身后的夹竹桃枝叶,倾洒在菊治面前。

"来啦。"菊治熟稔地走了过去。

文子本来先张开了口,却半晌没有发出声音。

"刚才,电话里……"好不容易挤出话来,她又缩着肩膀,半转着身子站了起来。她也许看出来了,若菊治再向她走近,就要牵起她的手。

"你在电话里说了那种话,所以我特意来澄清的……"

"你是说结婚的事情吗?我听了也很吃惊。"

"你听说我跟谁……"文子垂下了目光。

"也不是跟谁。先是听说文子小姐结婚,现在你又说没有结婚,我两次都大吃一惊。"

"两次吗?"

"那当然了。"

菊治顺着院子的垫脚石走了过去。

"从这里进屋吧。你大可以进屋等我的。"

他在外廊坐了下来。

"前不久我旅行回来,坐在这里休息时,栗本跑过来了。当时是夜里。"

用人在里屋喊了一声菊治。应该是他下班时打电话吩咐的晚饭做好了。菊治起身进屋,顺便换了一身白色上布和服。

文子好像也去补了个妆。等菊治落座后,她又问道:"栗本老师怎么说的?"

"她只说文子小姐也结婚了。"

"然后三谷先生就当真了?"

"因为我没想到她连这种事都会说谎……"

"一点都没怀疑过吗?"文子大大的眸子像是泛起了水光,"我现在能结婚吗?三谷先生觉得我能做那种事吗?母亲和我都经历了那么多痛苦和悲伤,而那些痛苦和悲伤,到现在也没有完全消失呀……"

文子说的这番话,仿佛她母亲还活着。

"母亲与我都是依赖别人的性格,也相信他人能够理解自己。这难道只是白日做梦吗?这难道只是我心中的镜子映出了自己的身影……"文子的声音有了点哭腔。

菊治沉默了一会儿,然后说:"记得傍晚下雨那天,我也问过文子小姐同样的问题,问过你是否觉得我现在能结婚吧……?"

"打雷那天？"

"没错。但是今天，你反过来问我了。"

"不对，那是……"

"我肯定要结婚——这句话，文子小姐可说过不止一次啊。"

"可是三谷先生与我完全不同呀，"文子噙着眼泪，注视着菊治，"三谷先生与我完全不同。"

"怎么不同了？"

"身份不同……"

"身份？"

"是的。身份不同。如果不能说身份，那就是身世的阴影。"

"你是说，罪孽的深浅……那应该是我更作孽呀。"

"不对。"

文子用力摇摇头，眼泪淌了下来。那颗泪珠从左边眼角滑落，出其不意地拐向了耳际。

"你说的罪孽，母亲已经背负着它死去了。但我认为那不是罪孽，只是母亲的悲伤。"

菊治低下了头。

"罪孽也许没有消除之时，但悲伤总会过去。"

"可是,文子小姐说起身世的阴影,难道不会让令堂的死也蒙上阴影吗?"

"那么还是应该说,那是悲伤的深度吧。"

"悲伤的深度……"

不就是爱的深度吗?菊治欲言又止。

"就算不说那些,三谷先生也有跟雪子小姐的婚事。我可不一样。"文子将话题转回了现实。

"栗本老师还觉得母亲阻碍了你的婚事。她之所以说我结了婚,肯定也是把我视作了阻碍。我只能这么想了。"

"但是她说稻村小姐也结了婚。"

文子露出了呆滞的表情。

"骗人……骗人的吧。那一定是骗人的。"她又一次用力摇头,"什么时候的事?"

"你说稻村小姐……我猜是最近吧。"

"一定是骗人的。"

"她说雪子小姐和文子小姐都结婚了,我反倒更不怀疑文子小姐结婚这件事了。"菊治低声说道,"不过雪子小姐结婚的事,也许是真的……"

"假的。哪有人在这么热的天结婚。这种天只能穿一层衣服,还会出汗呀。"

"也对，的确没有人在夏天办婚礼。"

"对，几乎没有……但也不是完全没有……可以把婚礼延到秋天……"

不知为何，文子湿润的眼眸中又涌出了新的泪水，滴落在膝头。她自己则低头凝视着泪水打湿的裙裾。

"可是，栗本老师为何要说那样的谎话。"

"我让她给骗了呢。"菊治也说。

可是，文子为何会因此流泪？

现在可以确定，至少文子没有结婚。

菊治心想，说不定是因为雪子真的结婚了，近子才会谎称文子也已结婚，好让自己远离她。

但这样还是说不太通。菊治又觉得，也许雪子结婚这件事也是假的。

"总而言之，若不知道雪子结婚这件事的真假，就看不出栗本在耍什么花样。"

"耍花样……"

"嗯，就当她在耍花样吧。"

"可是我今天若是没打电话，你就认定我已经结婚了。这多过分呀。"

用人又喊了一声菊治。

菊治走过去，拿着一封信回来了。

"文子小姐的信寄来了。没有贴邮票……"

说着，他便要拆信。

"哎呀，等等。你别看……"

"为什么？"

"真讨厌，快还给我。"

文子膝行过去，要从菊治手中拿走那封信。

"快还给我。"

菊治飞快地把信藏在了身后。

情急之下，文子左手按在了菊治的腿上，伸出右手要去夺信。由于左手与右手的动作不一致，她失去了平衡，眼看着要扑倒在菊治身上。这时，文子左手一推，右手仍要去抢菊治身后的东西，就这么绷直了身子。她这样横扭着，侧脸朝着菊治的腹部跌落下去了。那一刻，文子灵巧地躲闪开去，撑在菊治腿上的左手也只是轻轻一碰。她究竟是如何用如此轻盈的手劲，支撑住了向右边扭着倾倒下去的上半身的呢。

菊治见文子扑倒过来，霎时间绷紧了全身，见到文子出乎意料的灵巧，又险些惊呼起来。那个瞬间，他感到了强烈的女人的气息。他感应到了文子的母亲太田夫人。

文子在哪个瞬间躲开了身子，又在哪里卸去了气力？她的轻巧与柔韧令人难以置信，宛如女人本能的秘术。菊治本以为文子会重重地落在他身上，最后却只嗅到了她温软的气息。

那气息扑面而来。一个女人在夏日从早晨工作到傍晚的气息格外浓郁。菊治感应到文子的气息，又感应到了太田夫人的气息。那是太田夫人怀抱里的气息。

"哎，你快还给我。"

菊治没有抵抗。

"我要撕了它。"

文子侧过身，细细撕碎了自己写的信。她的脖颈和裸露的手臂上都是汗水。

文子向前倾倒又闪身躲开时，面上一度失去了血色。但是在坐好后，她脸上又涨起了红晕，还出了一身汗。

三

从附近饭店叫人送来的晚饭没有什么滋味。

用人端给菊治的茶杯，是志野的筒茶碗。

菊治发现时，文子也注意到了。

"哎，原来你用了那个茶杯呢。"

"嗯。"

"真不好意思。"

但听文子的声音,她似乎没有菊治那般害羞。

"我很后悔把这东西塞给你。刚才那封信上也这样写了。"

"写了什么……"

"就写我送了多余的东西给你,希望你原谅啊……"

"这不是多余的东西。"

"这并不是很上等的志野呀,母亲甚至把它当作日常的茶杯用了。"

"我不太懂这些,但这个志野很好啊。"

菊治托着筒茶碗,仔细打量了一会儿。

"外面还有许多更好的志野呢。若是你用了这个志野,想起别的茶碗,觉得还是别的好……"

"我家并没有志野的小茶碗。"

"就算没有,你也会在外面碰到。若是用了这个茶碗,又想到别的茶碗,觉得那些志野更好,那母亲和我都会伤心的。"

菊治哼了一声。

"我跟茶道已经没有缘分了,今后不太可能看见茶碗。"

"但也难保会碰见呀。更何况,你此前一定也见过更好的志野。"

"照你这么说,送人礼物就得送最好的东西了。"

"就是这样。"文子抬起头,注视着菊治,"我是这样想的,而且还在信上请你打碎茶碗,把它扔掉。"

"打碎?这个吗?"

为了让文子分心,菊治搪塞道:"这是志野古窑的物件,想必已经三四百年了。它也许一开始是向附①碗,既不是茶碗也不是茶杯。后来成了小茶碗,也被传承了许多年,得到了古人的呵护与保养。也许还有人专门把它放在旅行的茶箱中,带着它四处游历。所以我不能因为文子小姐的任性,就把它打碎。"

何况茶碗的饮嘴还渗透了文子母亲的口红。

文子的母亲曾对文子说,口红沾到了饮嘴,怎么擦都擦不掉。菊治在得到这个志野后,饮嘴上的污渍也从未被洗掉。当然,那已经不是口红的颜色,而是淡淡的褐色。但假设用它喝茶的人抹着清浅的口红,褪色后成了这样的颜色,倒也并非不可能。当然,那也可能只是志野本身的微红。又或者因为这茶碗有饮嘴,早在文子的母亲之前,它的许多任主人都从那里喝

---

①译者注:怀石料理中最先上的"一汁三菜"中的第一道菜。

茶,才会残留下印记。但可以猜测,平时将它当作茶杯的太田夫人,应该是最频繁使用它的人。

菊治又想,把它当作茶杯,兴许是太田夫人自己想到的。也可能是菊治的父亲想到了,建议夫人这么用。

他还怀疑太田夫人和自己的父亲把那对了人的黑、红筒茶碗当成了夫妻对杯。

将志野的水指用作花瓶装饰玫瑰和康乃馨,又将志野的筒茶碗当作茶杯。这些时候,父亲是否也发现了太田夫人的美?

而人死后,水指和筒茶碗都来到了菊治手上,现在文子也来了。

"我不是任性,是真的希望你打碎它。"文子说。

"我见你收下水指那么高兴,想到家里还有一个志野,就把茶杯也送给你了。后来我觉得特别羞愧。"

"其实这个志野不应该用作茶杯吧。太暴殄天物了……"

"可是还有许多更好的呀。要是你用着这个茶碗,心里却在想别的好志野,我会很痛苦。"

"莫非送人的东西,就得是最好的……?"

"要看对象和场合。"

菊治心中一阵悸动。

也许文子希望太田夫人的遗物——让菊治想起夫人和文

子，或是感到与之更亲近的东西，能有着世上最好的品质。

文子希望母亲的回忆能寄托在最好的物品之上。菊治能理解她。

那必定是文子最诚挚的感情。那个水指便是证明。

光泽饱满、冰凉而温润的志野水指，能让菊治通过触觉回忆起太田夫人。而且这种回忆不带任何罪恶、阴沉与丑恶，正因其名品的身份。注视着寄托了回忆的名品，菊治自然而然地感到太田夫人也是女人中至高的名品。名品不存在污浊。

在那个雨天的电话中，菊治曾说看见水指就很想见见文子。正因为是电话，他才能说出口。听了他的话，文子说她还有一个志野，后来就把筒茶碗带到了菊治家。这个筒茶碗确实不如水指那般的名品。

"我父亲好像也有个旅行的茶箱……"菊治回想起来，"里面的茶碗恐怕比这个志野还不如吧。"

"什么样的茶碗？"

"不知道，我没见过。"

"我想看看。你父亲的茶碗肯定更好。"文子说。

"如果这个志野没有你父亲的茶碗好，就请你打碎它吧。"

"好危险啊。"

文子一边灵巧地挑着餐后西瓜的籽，一边催促菊治拿出茶碗看看。菊治吩咐用人打开茶室,随后下到庭院去了。他本想去寻找茶箱,文子也跟了过来。

"我也不知道那茶箱在哪里,因为栗本更清楚……"

菊治回过头,看见文子站在满树的白夹竹桃花下,只露出了套着木屐和袜子的腿。他在水房旁边的架子上找到了茶箱。

菊治走到茶室,把箱子放在文子面前。文子端坐了一会儿,兴许是以为菊治会解开包袱,见他不动,便自己伸出了手。

"那我打开看看了。"

"上面有不少灰尘呢。"

菊治拎起文子解开的包袱皮,朝着庭院抖了抖。

"水房的架子上有死掉的知了,都长虫了。"

"茶室倒是挺干净。"

"对,栗本上回过来打扫了。就是那天,她告诉我文子小姐和稻村家的雪子小姐都结婚了……当时是夜里,也许不小心把知了碾死了。"

文子从箱中捧起貌似茶碗的袋子,深吸一口气,松开束袋的绳子,指尖微微颤抖。

她缩着圆润的双肩,菊治坐在旁边,忍不住凝视着她修长的脖颈。

她抿紧的下唇、地包天的轮廓、饱满的耳垂，全都那么惹人怜爱。

"是唐津。"文子抬头看着菊治。

菊治凑了过去。

文子将茶碗放在榻榻米上。

"是个好茶碗。"

那是个小号的唐津茶碗，狭长的圆筒形同样适合当茶杯。

"大气凛然，比那个志野好多了。"

"志野和唐津比较不起来吧……"

"放在一起就很清楚了。"

菊治也被唐津的大气所吸引，拿起来端详了一会儿。

"那我去拿志野吧。"

"我去拿。"

文子起身走了。

将志野和唐津摆在一起时，菊治与文子对上了目光。

接着，二人同时看向了茶碗。

菊治慌忙说道："这样放在一起看，就像男茶碗和女茶碗呢。"

文子似乎说不出话来，只点了点头。

菊治也觉得自己的话有些怪异。

唐津茶碗没有绘图，底色是泛着枇杷黄的青色，还有几缕茜红。腰身强壮而有力。

"你父亲一定很喜欢这个茶碗，才带着它出远门吧。真像他的性格。"文子似乎并没有意识到自己的话有多危险。

志野的茶碗就像文子的母亲——菊治没敢说出这句话。可是这两个茶碗就像菊治父亲与文子母亲的心，静静地并肩而立。

三四百年历史的茶碗形态大气健康，没有病态的妄想。可是它们充满了生命的张力，甚至透着几分官能的气息。看着这两个茶碗，菊治仿佛窥见到了自己的父亲与文子母亲美丽的灵魂的姿态。而且这对茶碗有着现实的姿态，连隔着茶碗对坐的他和文子，也仿佛处在了清纯无瑕的现实中。

在太田夫人头七的次日，菊治曾对文子说，他们二人相对也许是件很可怕的事情。可是现在，那罪孽深重的恐惧，是否都被茶碗的肌理抹去了呢？

"好漂亮啊。"菊治自言自语般说道，"其实茶道、茶具并非父亲的心性所向。他也许只想麻醉内心的罪孽吧。"

"欸？"

"不过看着这些茶碗，的确不会想起前主人的罪恶。父亲的寿命不及传世茶碗的几分之一……"

"死亡就在我们脚下,我好害怕。我知道自己脚下也有死亡,知道不能总是纠结于母亲的死,但我还是做了许多傻事。"

"是啊。如果纠结于死去的人,就觉得自己也不存在于这个世上了。"菊治说道。

用人拿来了铁壶等用具。也许是看菊治二人在茶室坐了许久,猜测他们要点茶吧。菊治建议文子假装他们在旅行,用唐津和志野点两碗茶。文子顺从地点点头。

"在打碎母亲的志野之前,再让它当一次茶碗吧。"说着,她从茶箱里拿出茶筅,到水房洗涮去了。

夏日的天色尚未昏蒙。

"假装在旅行……"文子拿着小茶碗和小茶筅说。

"假设是旅行,那我们就在旅馆吗?"菊治问道。

"也不一定是旅馆。可以是河边,也可以是山上。那么就假装我们用的是谷川水,稍凉一些吧……"

文子抬起茶筅时,也抬起黑色的眸子,飞快地瞥了一眼菊治。但她开始转动唐津的茶碗时,目光已经落在手上了。

然后,茶碗与文子的目光一同来到了菊治膝前。

菊治蓦然感到,文子像流水一般轻柔地漫过来了。

她又拿起母亲的志野,茶筅唰唰地摩擦着碗沿。她停下了手。

"真难啊。"

"茶碗这么小,很难点吧。"菊治说完,文子的手臂已经开始颤抖。

一旦停下动作,便再也无法操作茶筅在小小的筒茶碗中滑动。

文子凝视着僵硬的手腕,渐渐泄了气。

"母亲她……不让我点茶。"

"什么?"

菊治猛地站起来,像要唤醒被咒缚的人,抓住了文子的肩膀。

文子没有抵抗。

四

菊治睡不着觉,熬到木窗外面透进晨光,便起身去了茶室。

蹲踞[①]的前石上,果然散落着志野的碎片。

[①]译者注:日本茶室门前供来客净手的景观装饰物。

那是四块大的碎片。放在掌心拼凑起来，就成了茶碗的形状，只是碗沿缺了拇指大小的一块。

他在周围找了找，但很快放弃了。

抬起头，遮挡东方的树木枝叶间，有一点明亮的星光。

菊治不知多少年没有见过启明星了。他兀自想着，站起来静静眺望。空中挂着几缕云彩。

那星光隐在云后，显得更大了。光芒的边缘像是蒙着水汽。

菊治突然想到，自己在湿润的星光下，拼凑着破碎的茶碗。

于是，他扔掉了手上的碎片。

昨夜，菊治来不及阻拦，文子就走到蹲踞前面打碎了茶碗。

那一刻，她像雾散一般离开了茶室，菊治甚至没有察觉到她拿着茶碗。

"啊！"他惊叫一声。

然而，他并没有在夜幕中寻找茶碗的碎片，而是撑住了文子的肩膀。因为她蹲下身打碎茶碗后，朝着蹲踞的方向倒了下去。

"外面还有更好的志野。"文子喃喃道。

她是否担心菊治对比更好的志野,会因此伤心呢?

后来,在菊治彻夜难眠之时,文子的话更添了几分纯洁又哀愁的余韵。

等到天明,他便到院子里去看打碎的茶碗了。

但是瞥见星光之后,他又丢下了拾起的碎片。

再抬起头——

"啊!"菊治轻叹。

星光已然不再。在菊治低头注视自己舍弃的碎片时,启明星完全隐入了云层。

菊治面对着东方的天空呆站了许久,仿佛被剥夺了一些东西。

云层看着并不厚,但他怎么都寻不见星光。天空的交界被云朵覆盖,街景与云朵的缝隙间,透出了渐渐浓郁的朝阳。

"不能一直扔在这里。"菊治兀自念叨着,再次拾起志野的碎片,揣进了睡衣怀里。

若扔着不管,未免太让人心疼了。再说他也怕栗本近子看见。这是文子再三思索后打碎的茶碗,他觉得不应该留着碎片,最好埋在蹲踞旁边。可他还是用纸包好了碎片,放进壁橱里,再次躺了下来。

文子究竟担心菊治用什么与这个志野相比较呢。她的担忧从何而来？菊治感到疑惑不解。而且从昨晚到现在，他都想不到自己能用什么来与文子相比较。文子已经成了菊治心中绝对的存在，是无可比较的命运。

菊治此前一直都把文子看作太田夫人的女儿，并未多作他想。可是现在，他似乎忘记了那个身份。母亲的身体微妙地转移到了女儿身上，并吸引菊治陷入了奇怪的幻梦。可是现在，那个幻想已经无迹可寻。

菊治已经走出了那个长期笼罩自己的、阴暗丑陋的黑幕。

是文子纯洁的痛苦拯救了他吗？

文子没有抵抗，是她的纯洁自然形成了抵抗。

这本应令菊治堕入咒缚与麻木的底层，但他反倒从咒缚与麻木中解脱了。这就像在最后一刻大量服用了长期毒害自己的毒药，反倒因此解了毒。

菊治到公司后，给文子工作的商店打了电话。她说自己在神田的布店工作。

她没来上班。菊治一夜未眠，还是去了公司。他猜测文子直到天明时分才陷入了沉睡。再加上内心的羞耻，她今天也许会待在家里。

下午打电话过去，文子还是没上班，于是菊治向店里的人询问了文子的住址。

昨天的信中，文子应该写了新的住址，但她亲自撕了那封信，还装进了自己的口袋里。他们在晚饭时聊到了文子的工作，菊治这才记住了布店的名字，却忘了问她的住址。因为他感觉，文子的住址已经转移到了自己的体内。

下班后，菊治找到了文子租住的房子。在上野公园后面。

文子没在。

一个看似十二三岁，还没换下上学穿的水手服的女孩给他开了门，并请他进屋坐下了。

"太田姐姐今天早上说跟朋友出去旅行，所以不在家。"

"旅行？"菊治反问道。

"她去旅行了？今早几点走的？说了去什么地方吗？"

女孩这时已经进了里屋，远远地回答道："不知道，因为我母亲出门去了……"

那个眉毛稀薄的女孩似乎有点害怕菊治。

菊治离开后回头看了一眼，却猜不到文子的房间是哪个。这座小房子有上下两层，还带着同样狭窄的庭院。

死亡就在脚下——文子的话让菊治难以迈开双腿。

他掏出手帕抹了一把脸。血色仿佛随着他的动作流失了，于是他又用力抹了抹。手帕被汗水浸湿了。他背后也出了一层冷汗。

"不可能死的。"菊治自言自语道。

文子让菊治如获新生,她不可能死的。

可是文子昨晚的坦率,难道不是出于死亡的觉悟吗?

又或者,她面对自己的坦率,害怕她也会变成跟母亲一样罪孽深重的女人?

"怎么能让栗本一个人活下来……"菊治对着假想敌喷吐了内心的怨毒,匆匆走进公园的树荫之下。

波千鸟

波千鸟

一

前去热海站迎接的车辆驶过伊豆山，继而画着圆弧朝海边而去。车子开进旅馆的庭院。倾斜的车窗外，玄关的灯光渐渐靠近。

等候在那里的领班走上前来，打开车门招呼道：

"是三谷家对吧。"

"是的。"

雪子小声答道。因为车辆横着停下后，她的座位最靠近玄关。她今天才办完婚礼，还是第一次被称呼为三谷。

片刻犹豫之后，雪子还是先下了车。接着，她回头看向车内，等菊治下来。

菊治在玄关口脱鞋时，领班说道："茶室已经准备好了。是栗本老师来的电话。"

"啊?"

菊治一屁股坐在了低矮的玄关台上。旅馆用人连忙拿着坐垫跑了过来。

覆盖着近子心窝和乳房的胎记,就像恶魔留下的掌印。他停下解鞋带的手,抬起头来,那只黑手仿佛就在眼前。

菊治去年卖了房子,又处理掉了家中的茶具,早就不再与近子见面,二人联系也疏远了。可是,他与雪子的这场婚事,会不会又有她的掺和?他万万没想到,近子竟会替他安排好了新婚旅行的旅馆住宿。

菊治看了一眼雪子,她似乎并不在意领班的话。

二人走进屋里,朝着大海的方向走过了一段长长的连廊。那条水泥浇筑的狭长通道宛如窄小的隧道,不知通往何处。中间有好几段台阶,也连着几间小偏房,一路走到尽头,便是茶室的后门。

被领进那个八叠的房间后,菊治脱下外套,惊觉雪子走到身后来接,忍不住"啊"了一声。

他回过头。这是雪子第一次做妻子的举动。

矮桌脚下有个炉榻。

"那边三叠的本席烧着水……"领班放下二人的行李说道,"虽然没什么好茶具。"

菊治吃了一惊:"那边也有茶席吗?"

"是的,加上这个客厅,一共四席。跟以前在横滨三溪园一样,是照着原样搬过来的。"

"是吗?"其实,菊治只是一知半解。

"夫人,就是那个席位,您准备好了就请用吧……"领班对雪子说。

雪子正在叠自己的大衣。

"我等会儿去看看。"说完,她站了起来,"大海真漂亮。汽船还亮了灯呢。"

"那是美国的军舰。"

"美国的军舰都进热海了吗?"

菊治也站了起来。

"好小的军舰啊。"

"有五艘呢。"

那些军舰果然亮着红色的灯光。

热海城里的灯光被小小的海角遮挡住了,从这里只能看见锦浦一带。

旅馆用人端来煎茶后,与领班一道打了招呼,接着都走了。

菊治二人凝视着夜晚的大海,不久之后回到了火盆边。

"好可怜啊。"雪子说着，拿过自己的手提包，从里面掏出一朵玫瑰，舒展了被压到的花瓣。

离开东京站时，雪子不好意思抱着花束上车，便把花给了送行的人，自己只留了一朵。

她把那朵花放在了桌上，继而看着摆在桌上的贵重物品寄存袋。

"要怎么办？"

"贵重物品……？"

菊治拿起了玫瑰花。

"玫瑰？"雪子看着他问。

"不，我的贵重物品太大，袋子装不下，也没法交给别人保管。"

"为什么……？"雪子刚问出口，马上反应过来了。

"我的也不能交给别人保管。"

"在哪里呢？"

雪子兴许是不好意思直指菊治，便低头看着自己的胸口说："这里……"

说完，她就没再抬起头。

隔壁的茶室传来了水烧开的响动。

"你去看看茶室吧。"

雪子点点头。

"我不太想看。"

"可是难得来一趟……"

雪子穿过茶道口，按照礼数先瞻仰了壁龛。菊治只是站在茶道口外面，怨毒地说："什么难得，这里的准备都是栗本指使的吧。"

雪子回过头，走到炉前坐下了。那是点茶的主座，她也面对着炭炉，但没有别的动作，想再等菊治开口说话。

菊治也走到炉前坐了下来。

"我本不想对你说这种扫兴的话。其实刚才在旅馆门口，我听见栗本的名字，心里吃了一惊。那个女人与我的罪孽和悔恨深深纠结在一起……"

雪子似乎理解了。

"栗本现在还跟你家有来往吗？"

"去年夏天被父亲责骂后，她就很久没来了……"

"去年夏天……那时栗本对我说，雪子已经结婚了。"

"欸？"雪子似乎对上了号。

"一定是那个时候了。老师又介绍了别家的婚事……父亲很生气，说一个媒人只能介绍一家，别的都不听。他还说我家姑娘不由得别人挑来拣去，叫老师不要愚弄人。后来我特别感谢父亲。我之所以能来到三谷家,也多亏了父亲当时说的话。"

菊治沉默不语。

"不过老师也不服输。她说三谷少爷着了魔,还说了太田家夫人的事情。我真的生气,全身瑟瑟发抖。我这么生气,为什么控制不了地颤抖呢?后来我想了想,一定是因为我想嫁到三谷家。可是当时我在父亲和老师面前颤抖不停,真的很痛苦。父亲也许是注意到了我的脸色,就说冷水、滚水好喝,温水、热水难喝,经过之前的介绍,我女儿已经见过三谷家少爷,想必有她自己的判断,说完就把老师打发走了。"

外面传来浴缸添水的声音,应该是有人打热水过来了。

"虽然很痛苦,我还是自己做了决断。所以你就别在意老师了。我在这里点茶,不会多想什么。"

雪子抬起了头。她的眸子倒映着灯泡的小小光斑,带着红晕的脸颊与嘴唇好像也散发着光芒。菊治看着她满面的神采,内心涌出了感激和亲昵。这就像壮着胆子触碰美丽的火焰,得到的却是温暖和欣慰。

"雪子小姐去年五月去过我家的茶室,对吧。我记得你当时系着溪荪的腰带。那次相见,我还觉得你是永远不可触及的人呢。"

"那是因为你一直在痛苦地强装无事呀。"雪子微笑着说。

"你还记得溪荪的腰带吗？我把它一并打包了，如今在咱们家呢。"

雪子用痛苦形容了菊治和她自己，然而她最痛苦的时候，菊治正在拼命寻找文子的行踪。因为他意外地收到了文子从九州竹田町寄来的长信，就亲自去了竹田一趟。可是如今过去一年半，他还是没找到文子。

那封长信用绵绵密密的文字劝说菊治忘掉她和母亲，与稻村雪子结婚。那便是文子对菊治的道别。想来，那个永远不可触及的人，已从雪子变成了文子。

菊治又想，世上怎会存在永远不可触及的人，也许他不该轻易使用这种说法。

二

回到八叠间，菊治看见桌上摆着相册。他翻开看了看，转向雪子的方向。

"原来这是茶室的照片。我还以为是新婚旅行到这里来的夫妻的合集，险些吓了一跳呢。"

相册第一页贴着茶室的来历——寒月庵曾经是江户十人众之河村迁叟的茶室，后来搬迁至横滨的三溪园，其间遭遇空袭，屋顶被砸穿、墙壁崩塌、门窗散落、地板毁坏，成为一副惨不忍睹的模样，直到最近才被搬到了这座旅馆的庭院里。因为是温泉旅馆，茶室内部增设了澡堂，但是维持了原本的布局，也尽量保留了原本的建材。由于大战结束初期的燃料不足问题，邻近的人一度伐取废旧茶室的木材烧火，因此梁柱上还残留着柴刀的痕迹。

"大石内藏助也造访过这座庵……？"

雪子念出了简介的内容。

因为迁叟是出入赤穗藩的茶人。另外，迁叟还有一只荞麦茶碗"残月"，又名河村荞麦，传世至今。这只茶碗以淡青釉搭配淡黄釉，各占碗身一半，寓意晓空残月。

相册里收入了几张茶室在三溪园遭到炮轰后化作一片残骸的照片，然后按时间顺序罗列了从迁移到落成茶会的景象。

如果大石良雄来过，那么这座寒月庵可能早在元禄时期即已建成。

菊治四处看了看，这个房间几乎都是新的木材。

"刚才那间席位的柱子像是原来的啊。"

他们待在三叠间时，旅馆用人来关了雨窗。兴许就是那时顺便留下了茶室的相册。

雪子翻着相册说:"你不换衣服吗?"

"你呢?"

"我穿的是和服,就不换了。你先去泡澡吧,我正好把人家送的点心拿出来。"

澡堂散发着新木的香气。从澡盆到淋浴间的墙壁和天花板都覆盖着颜色柔和的板材,还有清晰漂亮的木纹。

他在澡堂里听见了用人穿过长走廊时的说话声。

出来时,雪子已经不在屋里了。

八叠间已经铺好了床,桌子也被收到一边。用人忙着布置时,雪子应该是退避到三叠间去了。

"炉火够吗?"她在对面问道。

"可以了。"菊治说完,雪子很快就走了进来,犹豫地看着菊治,像是不知该把目光往哪里摆。

"舒爽了吧?"

"这……"菊治看了一眼身上的长袍短袄,"你也去泡澡吧,这水烧得正合适。"

"是。"

雪子走进右手边的三叠间,从旅行袋里拿了些东西出来,又打开八叠间的纸门坐下,将化妆盒摆在屋后的走廊上,有点不知所措地双手点地,红着脸微微鞠躬,然后摘下戒指,摆在镜台上出去了。

她的鞠躬来得实在突然,菊治险些发出了惊呼。雪子太惹人怜爱了。

他站起身,打量了一会儿雪子的戒指。接着,他留下婚戒,拿起墨西哥欧泊石的戒指,回到了火盆边上。借着电灯光,宝石闪出了红色、黄色、绿色的细小光芒,时隐时现。菊治看着透明宝石中的点点火焰,不禁着了迷。

雪子走出澡堂,又进了右手边的三叠间。

八叠间的左手边是狭窄的走廊,另一头有三叠和四叠半的茶席,右侧也有一个三叠间。用人方才把他们的行李放在了右侧的三叠间。

雪子在那里忙活了一会儿,像是在折叠和服,接着,她走过来说:"我能开一条缝吗?有点害怕。"

说着,她把菊治所在的八叠间与三叠间相隔的纸门拉开一条缝,又走了回去。

菊治也意识到了,这里是离主屋有二十米远的偏房,屋里只有他们二人。他看着雪子拉开的门缝说:"那边也是茶室?"

"是的。地板里嵌着圆形的铁炉,我看像是丸炉……"

随着那个声音,门缝里露出了雪子正在折叠的襦袢的下摆。

"千鸟……"

"对,千鸟是冬天的鸟,所以我染了这个花纹。"

"是波千鸟呢。"

"波千鸟?是波浪和千鸟。"

"这不是叫夕波千鸟嘛。我记得有一首和歌……淡海波涛阔,夕阳千鸟鸣。"

"夕波千鸟?可是,波浪和千鸟的花纹加起来,就叫波千鸟吗?"

雪子慢悠悠地说着,千鸟纹的下摆被她叠好,再也看不见了。

三

兴许是经过旅馆上方的火车声,让菊治醒了过来。

隆隆的车轮声与高亢的汽笛声都比刚入夜时显得更近,他因此判断现在还是深夜。那声音并不至于令人惊醒,可他还是醒了过来。应该说,菊治更奇怪自己竟然睡着了。

他没等雪子就先睡着了。不过,听见雪子安静的呼吸声,他的心情又放松了几分。

她一定是因为婚礼前后的疲惫而睡了过去。临近婚礼那段时间，菊治因为动摇与悔恨每晚都难以入睡，而雪子想必也有同样的不眠之夜。雪子睡在他身边，这件事看似不可思议，可是雪子身上的气味，也萦绕在他身边。

雪子用的香水味、雪子的呼吸声，还有雪子的戒指，波浪与千鸟的花纹——这一切都像菊治自己的东西，显得如此亲切，即使在深夜醒来的不安中也没有褪色。这是他头一次体验到的感情。可是，菊治没有勇气开灯打量雪子。他拿起枕边的手表，起身去了盥洗室。

"刚过五点啊。"

他对太田夫人与其女儿文子，都能够如此自然而没有抵触，为何偏偏对雪子，却感到了令人毛骨悚然的异样？这是良心的抗拒，还是对雪子的鄙夷？抑或是菊治依旧被太田夫人与文子束缚着？

用栗本的话说，太田夫人是个有魔性的女人。但近子今晚为他们订的房间，在菊治看来也显得令人背后发凉。

他甚至怀疑雪子是听了近子的指使，才穿着那身并不习惯的和服。

"出来旅行怎么没穿西装？"菊治睡前假装不经意地问了

一句。

"只是今天而已。都说穿西装有点煞风景,再说最初两次与你相见都是在茶室,也穿着和服。"

菊治没有问是谁对她这么说的。现在想来,专为新婚旅行染的千鸟花纹,应该是雪子自己的主意。

"刚才说的夕波千鸟的和歌,我很喜欢。"菊治转移了话题。

"什么和歌……?"

菊治飞快地念了人麻吕的和歌。他一只手轻轻搭在新娘的背上,忍不住说道:"啊,太好了。"

令雪子受惊后,菊治接下来只有万般温柔。

凌晨五点醒来后,除了不安与焦虑,菊治依旧满怀着对雪子的感激。雪子安静的鼻息与淡淡的香气,让他感到了温暖的赦免。这也许是他自以为然的陶醉,但他还是忍不住想,唯有女人才是罪大恶极之人也能得到的恩惠。即使只是令感伤陷入片刻的麻木,那也是异性的救赎。

即使明天就与雪子分开,菊治也会一辈子感谢她。

心中的不安与焦虑稍有缓和之后,他又感到了寂寞。他知道雪子内心也一定充满了不安、决心与恐惧,但菊治就是无法将她唤醒,重新抱紧她。

屋外涛声阵阵，他本以为天亮前无法再入睡，却在不知不觉间熟睡过去，再睁眼时，晨光已经照亮了纸门。雪子不在身边了。菊治心中一惊，以为她是逃回去了。

此时已过九点。拉开纸门一看，原来雪子走到了庭院的草坪上。她抱膝坐着，正呆呆地眺望大海。

"我睡过头了。你什么时候起来的？"

"七点左右。领班来添热水，我就醒了。"雪子回过头，脸上泛起了红晕。今早她穿了一身西装，还把昨夜的红玫瑰装饰在胸前。菊治松了口气。

"那朵玫瑰还没枯萎呢。"

"昨晚去泡澡时，我把它插在了盥洗室的水杯里。你没看见吗？"

"没看见。"菊治回答，"你泡过了吗？"

"是。因为我先起来了，没什么事做。实在待得无聊，我就打开了雨窗，走出来一看，美国军舰刚好开走了。听说他们是傍晚开过来玩，天亮再开走。"

"军舰开过来玩？好奇怪啊。"

"是这边打理庭院的人告诉我的。"

菊治打电话给前台告知自己已醒，随后去泡了澡，继而走到庭院里。今天很暖和，让人难以想象现在是十二月中旬。吃过早饭后,他又坐到了能晒到太阳的走廊上。

大海泛着点点银光。看着看着,波光粼粼的位置渐渐转移了。从伊豆山看向热海方向,几座小小的海角重叠在一起,海角之下的波光也缓缓变换着模样。

"你看,像星星一样。就是下面那片海。"雪子指着那个方向说,"好像星彩蓝宝石呢……"

近在眼前的海面上,聚集着宛如星辰般若隐若现的光斑。海面上随处可见点点光芒。因为离得近,波光显得分散,而远处海面上那片镜面似的光芒,想必也同样是聚集的星光。若是仔细凝视,也能看出跃动的光斑。

茶室门前的草地狭小,再往下走一段,便能看到挂着果实的夏柑枝叶。那是一片缓缓斜向大海的土地,邻近水边生长着几株松树。

"昨晚我仔细看了看你戒指上的宝石,真好看……"

"你看到的是火彩,跟蓝宝石和红宝石的星彩类似。不过最像钻石的光芒。"

雪子看了一眼手上的戒指,再次望向海面的波光。

眼前的景色正适合谈论宝石,也是二人培养感情的时间,然而菊治并不能完全沉浸在幸福中。且不论他卖掉父亲的房子,娶雪子回到了现在的陋室,他尚未能适应这场婚姻,难以启齿人生新篇章的话题。只是若要谈论彼此的过去，菊治又不可能不提及太田夫人、文子和栗本。就这样，二人既不能谈论未来，也不能谈论过去，菊治只能死死抓住现在。

雪子心里是怎么想的？她沐浴着阳光的面容并无异样，是在体谅菊治吗？也许她在初夜感受到了菊治的疼爱。菊治坐立难安，很想站起来走动。他们定了两晚的旅馆，中午便去热海的酒店吃了饭。餐厅窗外悬着一片破开的芭蕉叶，远处还有一丛苏铁。

"小时候父亲带我来这里过年，当时的苏铁就跟现在一模一样。"雪子眺望着面朝大海的庭院说。

"我老爸也经常来这里，若是我也跟来了，说不定能见到小时候的雪子呢。"

"哎呀，我可不愿意。"

"小时候见过，你不觉得很有趣吗？"

"若是小时候见过，我们也许就不会结婚了。"

"为什么？"

"因为我小时候比较聪明。"

菊治笑了。

"父亲经常这样说我。小时候很聪明，长大就越来越笨了。"

只听雪子短短的几句话,菊治就能想象她的父亲是何等疼爱四个孩子中的雪子。哪怕是现在,他也能从雪子的面容中看到她小时候眨巴着大眼睛,看起来聪明伶俐的模样。

四

从热海酒店回到温泉旅馆,雪子给母亲打了电话。菊治并没有什么好说的。

"母亲在关心你呢,要跟她说两句吗?"

"不用了,代我向她问好。"菊治立刻拒绝道。

"真的?"雪子回头看着菊治。

"母亲也向你问好,要你注意身体。"

雪子用的是房间里的电话,因此菊治知道,她并不打算偷偷对母亲抱怨什么。

不过,雪子的母亲之所以担心她,会不会因为女人的直觉?新婚旅行的第二天,新娘都会打电话给娘家吗?这么做会惊动新娘的母亲吗?菊治并不清楚。但他想,若新娘觉得受了丈夫的委屈,恐怕会不好意思打电话回家。

四点过后,又有三艘美国的小军舰开来了。聚集在网代附近的层云渐渐消融在雾气中,宛如春日的黄昏,缓缓地沿着海面扩散。那军舰即使载着情欲的饥渴,却也像模型玩具一般悠然闲适。

"原来真的有军舰开过来玩呢。"

"今早我起床时,昨晚的军舰正好开走了。"雪子答道,"因为没事做,我一直目送它们开出去好远。"

"你等我起来等了两个小时?"

"我觉得更久呢。待在这里感觉很不可思议,还挺开心的。我想等你起来了,跟你说说话……"

"说什么?"

"说些有的没的。"

尽管天色还亮,入港的军舰已经开了灯。

"我想问问你是怎么看着我这个姑娘来到你身边的。说说这些应该会很快乐吧。"

"嗯?没什么想法啊。"

"话是这么说,但如果回想一下我俩是如何相识的,肯定会很开心。我就觉得很开心。你怎么会觉得我是永远不可触及的人呢?"

"去年你来我家茶室,用的香水跟现在一样吧。"

"是呀。"

"那天我也觉得你是永远不可触及的人。"

"哎呀，你不喜欢这个香水吗？"

"并不是。第二天，我总觉得雪子的香气还残留在茶室，专门走进去坐了一会儿……"

雪子吃了一惊，看向菊治。

"那天我就想，雪子也许是永远不可触及的人，我恐怕要放弃才行。"

"你别这么说了，我好伤心。我知道那是因为别人……可是现在，我想听你说说我的事。"

"那是一种憧憬。"

"憧憬？"

"应该是了。放弃与憧憬，两者皆有。"

"你说憧憬，害我吓了一跳。不过我也一样，本来想放弃了，但内心仍有憧憬。只不过，我并没有想到这个词。"

"因为憧憬是罪人的话语……"

"你又在说别人了。"

"不，并没有。"

"没关系的，就算你喜欢上那位夫人，我也不觉得奇怪。"雪子说着，眼中泛起了光，"但你别说憧憬了，我好害怕。"

"是嘛。昨晚雪子的香气仿佛成了我自己的东西，那种感觉很奇妙……"

"……"

"但是，憧憬并没有消失。"

"你很快就要失望了。"

"我绝不会失望。"菊治断言道。因为他对雪子怀有深深的谢意。

雪子一时间好像有些气馁，但很快坚强地回应道："我也绝不会失望。我可以发誓。"

但是他猜测，也许再过上五六个小时，雪子就要失望了。她只是不想体会那种失望，或是仍在疑惑，但恐怕还是会对菊治产生冰冷的失望。

因为害怕那失望的到来，菊治不再像昨夜那般早早睡下，而是陪她聊到了很晚。雪子也比昨夜更亲近他了。聊到兴起时，她还随手泡了粗茶。

菊治走进浴室刮了胡子，正在涂抹护肤霜，雪子也走到镜台旁，沾了一些菊治的护肤霜，说道："平常都是我给父亲买这个……"

"那下次也给我买一样的吧。"

"还是不一样的好。"说完，她拿了今晚的睡衣放在腿上，依旧向他行了一礼，然后才起身去泡澡。

"晚安。"

雪子双手点地轻施一礼,微微按着衣摆,灵巧地钻进了被窝。她那姑娘似的清纯举动让菊治不由得怦然心动。

然而,菊治躺在一片黑暗中,合上颤抖的眼睑时,还是试图想起那时文子不做抵抗,其纯洁本身自然形成了抵抗的光景。这是他卑劣而污浊的垂死挣扎。他试图以践踏了文子纯洁的妄想之力,又去玷污雪子的纯洁。这虽是令人鄙夷的毒药,但不可否认,雪子清纯的举动还是迫使菊治想起了文子。

只要一想起文子,他就难以抗拒地想起了太田夫人的女性柔情。这是魔性的诅咒,还是人性的自然?不管怎么说,夫人已死,文子已然消失。若那两人只是爱过他,并未有半点憎恨,菊治此刻为何还会感到恐惧?

他知道自己沉醉于太田夫人的女性柔情,并因此悔恨不已。同时他也很害怕,害怕此刻的自己又陷入了某种麻木。

雪子那边突然传来了发丝滑动的响声。

"跟我说说话吧。"

菊治愣住了。

罪人的手轻轻拥抱了圣女的躯体。他蓦然热泪盈眶。

雪子微微靠在菊治胸前,不一会儿便悄声啜泣起来。

菊治压低了颤抖的声音问道:"怎么了?为什么伤

心呢?"

"没什么。"雪子摇摇头。

"我很喜欢三谷先生,从昨天开始更是越来越喜欢了,所以才会流眼泪。"

菊治勾起雪子的下颌,轻吻她的嘴唇。他再也无须藏起自己的泪水。对太田夫人和文子的妄想瞬间消失了。

与这纯洁的新娘度过几日清净的日子,有何不可?

五

第三天,他们依旧在温暖的海边。雪子先起身做好了梳妆打扮。

今早用人告诉雪子,昨夜又有六对新婚旅行的夫妻住进了旅馆。不过茶室靠着大海,听不见什么人声。听闻还有人拉提琴唱歌,那动静也没有传过来。

兴许是阳光有所变化,他们一直待到下午,也没有看见海面上的星光。七艘渔船驶过了昨日泛着星光的海面,一艘汽船打头,拖着后面的六艘船,喷吐着蒸汽开远了。那六艘船从大到小一字排开,倒是整齐得很。

"好像一家人啊。"菊治微笑着说。

旅馆送了他们一套夫妻筷，上面印着纸鹤的花纹，包在桃红色的日本纸套里。

菊治想起了什么。

"那块千只鹤的包袱皮，你带来了吗？"

"没有。这些行李都是新的，真不好意思。"

雪子那双漂亮的弧线一直延伸到眼角的双眼皮涨红了。

"你看我连发型都不一样了。不过我们收到的结婚礼物里，有印着鹤的东西。"

三个小时前，他们乘车去了川奈。

网代的渔港停留着许多渔船。也有一些涂成白色的船只。

雪子扭头看着热海的方向说："大海的颜色变得好像粉色珍珠呢。颜色特别相似。"

"粉色珍珠？"

"对呀，我有一对耳环和一条项链，都是粉色的。拿给你看看吧？"

"到了酒店再说吧。"

热海的山阴覆盖上了更深邃的阴影。

路上，他们看见男人拉着堆满柴火的板车，女人坐在车上。

"我也想要他们那样的生活。"雪子说道。菊治不禁有些好奇,不知雪子现在是否还有跟丈夫同甘共苦的想法。

海岸的松树林中飞出了一群小鸟。鸟儿飞翔的速度几乎与汽车相同,只是汽车相对更少。

今早从伊豆山的旅馆下方出海的拖船已经回港了。雪子眼尖,首先看到了那些船。回港时依旧是大船拖着小船,像个循规蹈矩的家庭一般缓缓靠向了码头。

"就像来看我们一样呢。"

雪子对船也能产生亲近感的喜悦,让菊治不知不觉软化下来。这也许是他一生中最幸福的日子。

去年夏天到秋天,菊治忙于寻找文子的行踪,再也难以分辨自己究竟是疲惫还是着了魔时,雪子竟独自找上门来了。他就像一头黑夜的生物骤然看见了太阳的光辉,那么耀眼,那么令人诧异。虽然只是淡淡的感觉,但他还是难以否定自己内心的悸动。

不久之后,菊治收到了雪子父亲的来信。信中提到菊治似乎在与女儿交往,不知他是否有结婚的意愿,鉴于此前栗本近子为二人做过媒,他与内人也都希望女儿能嫁给最初喜欢上的人。菊治猜测这封信可能是为了表达稻村家对二人关系的担忧,也可能是在警告他,但不管怎么说,都是父母替女儿表明了心意。

从那天直至今日，一年过去了。菊治一直在等待文子与想要雪子的心情中左右为难。但是他在回忆起太田夫人、追逐着雪子，深深陷入悔恨与不甘时，一度幻想了朝阳或夕阳下缓缓掠过的白色千只鹤。那就是雪子。

为了仔细看那拖船，雪子凑到菊治身边，后来也没有回到自己的座位。

抵达川奈酒店后，他们被领到了三楼角落的房间。这里的两面墙都是通透的大玻璃窗。

"大海好圆啊。"雪子高兴地说。

水平线在他们眼前描绘着舒缓的弧度。

窗下有一片草坪，泳池的另一头走来五六个人，都是身着浅葱色制服、身背高尔夫球袋的女球童。

西侧窗外便是川奈酒店的富士山球道。

他们决定到宽阔的草地上走走。

"好大的风啊。"菊治背着西风说。

"风大点没什么。我们走吧。"雪子拽着菊治的手说。

回到房间后，菊治去泡澡了。雪子整理好发型，换了一件衣服，准备去餐厅。

"不如戴这个去吧。"她拿着珍珠耳环和项链对菊治说。

晚餐后，他们在阳光房坐了一会儿。那是个突出到庭院里的椭圆形大房间，适逢工作日，只有菊治和雪子两个人。阳光房拉着窗帘，椭圆形的收拢处摆放着两盆乙女山茶。

后来，他们转移到大厅，坐在面对暖炉的长沙发上。暖炉里燃烧着大块的木柴，壁炉顶端摆着两盆开着大花的君子兰。沙发背后的花瓶里插着早开的红梅，显得十分艳丽。调高的天花板和英伦格调的木质结构衬托出了宁静的氛围。

菊治靠在皮沙发上，静静地看着暖炉的火焰。雪子的脸颊被火光衬得发红，同样静静地坐着。

回到房间，厚重的窗帘已经被拉上了。房间虽然宽敞，但没有分隔，雪子便在浴室换了衣服。菊治穿着旅馆的浴衣坐在椅子上。雪子穿着睡衣，站在他身前。略带锈色的朱红睡衣上散落着白色小纹，那花纹十分新颖，足可充当洋装面料，却做成了元禄袖的款式，显得自由潇洒，给人以焕然一新的感觉。她腰间系着柔软的绿色缎纹衬带，像是西洋风格的洋娃娃。枫叶红的衬里下面露出了白色浴衣。

"这身衣服真可爱，是你自己想的吗？这是元禄袖？"

"跟元禄袖有些不一样。是我随便做的。"雪子走向梳妆台。

他们只留着梳妆台昏黄的灯，上床睡下了。菊治突然醒来时，听见了一声巨响。屋外风声阵阵。庭院尽头是一道悬崖，他听见的响动，应该是海浪拍打崖壁的声音。他看向雪子，然而她已经不在床上，而是站在窗边。

"怎么了？"菊治起身走了过去。

"我听见好大一声响，海面上还冒出了桃红色的火。你看……"

"那是灯塔吧。"

"我刚才醒过来，害怕得睡不着，就一直站在这里看。"

"只是海浪而已。"菊治双手放在雪子的肩膀上。

"怎么不叫醒我呢。"

雪子像是被大海夺去了心神："你瞧，那不是有桃红色的光。"

"那是灯塔。"

"灯塔是灯塔。可那道光比灯塔的光更大，而且突然冒出来了。"

"那是涛声。"

"不对。"

那听起来的确像拍打悬崖的涛声，然而大海在一轮冷月的辉映下，幽深又平静。

菊治站在窗前看了一会儿，灯塔灯光的闪烁与桃红色光芒确实不同。那桃红色的闪光间隔更长，且不规则。

"是大炮。我觉得是海战。"

"哦？应该是美国的军舰在演习吧。"

"是吗？"雪子被说服了，"可是好吓人，我好害怕。"

雪子的双肩松懈下来，菊治抱住了她。

弯月之夜的大海上，风声呼啸。桃红色的火光伴随着轰鸣，让菊治也感到不寒而栗。

"这三更半夜的，不要一个人看那边。"菊治收紧了手臂，将她抱起来。雪子战战兢兢地搂着菊治的脖子。

菊治突然感到一阵贯穿身心的悲伤，颤抖着说："我不是无能。不是无能。可我背负着屈辱与背德的记忆，他们……还不能原谅我。"

雪子像昏倒一般，瘫靠在菊治胸前。

旅途的别离

一

菊治从新婚旅行归来,烧掉文子去年的书信时,又重读了一遍。

十月十九日,写于开往别府的黄金丸号……
你会来找我吗?请原谅我没有告知去向。
我已下定决心,今后不再见你,所以也不打算寄出这封信。即使寄出,也不知会在何时。我要前往父亲的故乡竹田町,但这封信寄到你手上时,我已经不在那里了。
父亲不到二十岁就离开了故乡,因此我并不了解竹田。

四方岩山绕,竹田故里置其中。
秋水过山城,出入皆是石洞门。

芒草翻白背，满城内外望无涯。

我只能通过与谢野宽和与谢野景子的《久住山之歌》，还有父亲口述的回忆，去描绘那个地方。而现在，我将要回到从未目睹的父亲的故乡。

听闻父亲年幼时也认识久住町的人。那个人写过一首歌：

故土山河美，游子心怀水声轻。
无尽长空下，原野之色常伴随。
思乡情意切，山峦不变云依旧。
叛逆已烟消，只为故人念平安。

这首歌也吸引我走向了父亲的故乡。

神往久住山，如向大师心激荡。
此身常困乏，敢问秀峰解心结。
久住云烟遮山岭，凡人却向何处寻。

与谢野宽的歌，亦让我对久住山（或写作九重山）无限神往。歌中写了"叛逆"之心，但我对你，并非心怀叛逆。纵使心怀叛逆，那也是对我自身，对我自己的遭遇。而我真正心怀的，也并非叛逆，而是焦急。

更何况，如今已经过去三个月了。此时此刻，我只想为你"念平安"。我不该给你写这封信。也许我只是在写给你的这封信中，说出了想对自己说的话。写完这封信，我也许会将它抛向大海。又或许，这封信永远写不完。

服务生正在关上大厅的窗户。除了我，大厅里只有两对小夫妻，都坐在房间的另一头。

因为是一个人的旅行，我选了一等船舱。我不愿意同许多人住在一起。一等舱是二人间，与我同住的是别府观海寺温泉旅馆的老板娘。她刚在大阪伺候完出嫁的女儿坐月子，正坐船回去。

"我在大阪觉都睡不好，所以才选择坐船，想在船上好好睡一觉。"老板娘道出了坐船的理由，吃完饭很快就躺下了。

这艘黄金丸号从神户港出发时，正好有一艘名叫苏伊士之星的伊朗汽船进港。那艘船长得很奇怪。

"那应该是一艘客货两用船。"老板娘对我说。我暗自感叹，原来连伊朗的船都能开到这里来了。

随着渡船开远，神户城后夕阳落入山峦的景色映入眼帘。

秋天日短,到了晚上,船舱播放了海上保安官的提醒。船内赌博只输不赢,受害者同样要受罚……

"今日发生赌博的概率非常高。"

也许是臭名昭著的赌鬼进了三等舱吧。

温泉旅馆的老板娘睡了,我便走到大厅。那里有两对外国夫妻,其中一个人是日本的女人。那个人好像也结婚了。对象不是美国人,而是欧洲人。

我突然想,如果我也能跟外国人结婚,让他带我到遥远的外国就好了。

"你在想什么呢?"我吃了一惊,连忙训斥自己。就算今天身在船上,突然妄想结婚也真是太唐突了。

那个女人看上去是好人家出身,一直很努力地模仿西方人的表情和动作。虽然也算大方得体,但我总觉得有些刻意。她是否一直怀揣着与西方人结婚的骄傲,用那种骄傲驱动着身体呢?

不过这三个月间,我也不清楚自己究竟被什么驱动着。我竟然在那个茶室的蹲踞前打碎了志野的筒茶碗,真是羞愧得无地自容。

"外面还有更好的志野。"对你说这句话时,我是真心的。

我把志野的水指作为母亲的遗物送给你，见你那么高兴，就忍不住想把筒茶碗也送给你。但是后来想到外面还有更好的志野，我就坐立难安。

"照你这么说，送人礼物就得送最好的东西了。"你这样回答我。只要那个"人"是菊治先生，那么我认为就是这样。因为我只想让母亲在你心中保持着美丽的印象。

除了母亲的美，我也认为死去的母亲和留在世上的我在那时已经得不到救赎了。我的心紧绷到了极致，像是中了心魔，无比悔恨自己竟把不怎么好的筒茶碗送给你当作了母亲的纪念。

如今过去了三个月，我的心情也有所改变。不知是美梦破碎，还是噩梦惊醒，我只觉得，在打碎那个志野的瞬间，母亲与我都向你做了最后的道别。虽然打碎志野令我感到羞愧，但那也许是一件好事。

"茶碗饮口渗透了母亲的口红。"当时之所以说出这样的话，也许是出于令人疯狂的执念。

对此，我有一个令人毛骨悚然的记忆。那时父亲还在世，栗本老师来到我家，父亲拿出了一只黑乐茶碗，我隐约记得它叫长次郎。

"哎呀，好严重的霉斑……肯定是没收拾好。是不是用过没洗就收起来了?"老师皱着眉。那茶碗一整面都覆盖着溪荪花枯朽后的颜色。

"用热水洗也洗不掉呢。"

老师捧着打湿的茶碗,定定地看了好久,突然把手插进头发里抓了几把,用头油使劲磨蹭茶碗,霉斑就这么消失了。

"啊,太好了。你快看。"老师一脸得意扬扬,父亲却没有伸手。

"你好脏啊。别拿过来,真恶心。"

"那我去好好洗洗。"

"再怎么洗我也嫌恶心。我不想用那东西喝茶了,你要就拿去吧。"

记得当时,幼小的我坐在父亲身边,也觉得十分恶心。

听说老师后来卖掉了那个茶碗。

女人的口红印在茶碗饮口,想必也是同样令人厌恶的事情。

请忘记母亲和我,跟稻村雪子小姐结婚吧……

二

十月二十日,别府观海寺温泉……

从别府去大分坐火车，就能很快抵达竹田，但我很想体会"渐渐接近"九重山的感觉，于是选择了经过别府后方的由布岳山路，从由布院坐火车到丰后中村，再从那里进入饭田高原，越过大山往南进发，穿过久住町进入竹田。

竹田虽是父亲的故乡，但在我眼中，只是陌生的地方。如今父母都已不在人世，我并不知道那里是否有人迎接我。

"那座城一直是我心灵的故乡。"父亲曾经这样说。正如谢野夫妻歌中所述，竹田町四面环山，出入都要穿过山洞。也许正因如此，父亲才有这般感觉。

他也许对母亲详细讲述过自己的感受，但尽管如此，他也只在我出生前，带母亲去过竹田一次。

我在接受了令尊与我母亲的关系时，有种背叛了父亲的感觉。那么，我为何还会对竹田产生一种异乡的憧憬？那既是父亲的故乡，又是我心中的异乡，是否正因如此，我现在才会如此惦念？莫非我盼望着能在父亲的故乡找到母亲与我赎罪的源泉？

归来拜父堂，仰首见故乡之山。

《久住山之歌》还有这样一句。

在我接受了令尊与我母亲的关系时，恐怕也种下了罪孽的种子，从而引发了母亲与我后来的错误。这种罪孽是否就像诅咒，一直纠缠着你，令你痛苦不堪？然而，一切的罪孽与诅咒都有穷尽之时，在我打碎志野茶碗的那一刻，过往种种都应该烟消云散了。

我只爱过两个人，就是母亲和你。我认为，坦白曾经对你的爱，反倒能实现"只为故人念平安"。对于自身的遭遇，我既不责怪菊治先生，也没有丝毫怨恨。只是我的爱遭受了最惨痛的报应和最严苛的惩罚。我的两种爱走到尽头，一是死，二是罪。这也许就是我身为女人的命运。母亲以死做了清算，而我则背负着罪孽选择了逃遁。

"啊，好想死。"这是母亲经常挂在嘴边的话。每次我阻止她去见菊治先生，母亲就会说："你想让我死吗？"我本以为那是母亲的威胁，但那天打碎志野时，我突然明白了。母亲自从在圆觉寺的茶会上见到菊治先生，就一直怀抱着自杀者的心境。母亲与菊治先生的相逢，乃是她产生自杀意愿的源头，但她还是一心想见菊治先生，全凭这个愿望苟活于世。是我横加阻挡，害死了母亲。打碎志野那天，我也产生了自杀者的心境，所以我进一步理解了母亲。若母亲没有死，说不定我就死了。母亲的死让我保住了性命。

那天，我将志野摔在蹲踞旁，突然一阵眩晕，险些连自己也摔在石上，最后是你扶住了我。

"妈妈。"不知我的呼喊，是否传入了你的耳中。也许我没能发出声音。

你说我不该回去，我没答应。你说要送我，我也只是摇头。

"我不会再来见你了。"我留下这句话，逃也似的离开，全身冒出冷汗，真的打算去死了。我并非怨恨菊治先生，只是感觉自己已经走到了尽头，再也没有前路。我甚至觉得我的死与母亲的死息息相关，乃是理所当然。母亲难以忍受自己的丑恶，因此死去了。我也打算跟随她的脚步。可是，我也感到悔恨的烈火中开出了清净的莲花。我爱着你，所以无论你对我做什么，那都绝不是丑恶。我只是一只夏日的飞蛾，身不由己地扑向了毁灭的火焰。母亲认为自己是丑恶的，所以选择了死亡。我是否为了美化母亲，而让自己迷失在了梦境之中？

然而，我与母亲并不一样。母亲见过你之后就失去了平常心，一心只想再见到你。但我仅仅见了你一次就梦碎了。我的爱，结束在开始的那一刻。我并非压抑着感情阻止自己向前，而是突然被推落，被舍弃了。

"啊，不行。"我这样想。母亲已经死了，我也不再有未来，他应该跟雪子小姐结婚。我想，这也成了我的救赎。

"如果你来找我，或是来追寻我，我也会自杀。"这样说或许很自私，但为了美化母亲，我已经忘却了自我，只想将我们从菊治先生的生命中抹去。

栗本老师曾说母亲和我阻碍了菊治先生的婚事，我在醒悟之后，也理解了她的话。因为老师说，自从见到母亲，菊治先生的性格就变了。

打碎志野茶碗那天，我哭到了天亮，然后去了朋友家，请她跟我一起旅行。

"你怎么了，眼睛都哭肿了……在你母亲去世时，都没有哭得这么严重吧？"朋友看见我很是惊讶，还陪我去了箱根。

但我年幼时有过比那一刻，比母亲的死更悲伤的经历。就是栗本老师来到我家责骂母亲，要求母亲与令尊分开的时候。我在门后听着，忍不住哭了起来，母亲则抱起我走到了老师面前。我想要挣开，母亲却说了一句话。

"妈妈被人欺负啦。你躲在后面哭，我也很难受呢。快让妈妈抱抱吧。"

我不敢看老师，只坐在母亲腿上，把脸埋在她的胸口。

"哼，连孩子都利用上了？"老师嘲讽道，"你这么聪明，肯定知道三谷叔叔到家里来都干了什么吧？"

"不知道,不知道。"我使劲摇头。

"怎么会不知道。那个叔叔可是有妻子的。你说,是不是你妈妈不好?叔叔家还有跟你差不多大的孩子呢。那孩子也很讨厌你妈妈。要是学校的老师和同学知道了你妈妈的事情,你不觉得害羞吗?"

"孩子没犯错,你别这样说。"母亲阻拦道。

"既然孩子无辜,你就该清清白白地养育她。不过话说回来,这清白无辜的孩子,倒是挺会哭呢。"

那年我大概十一二岁。

"你这样对孩子可不好。她多可怜啊……你准备让她在阴影里长大吗?"

那时,悲伤几乎撕裂了我小小的心灵。那种痛苦胜过母亲的死,也胜过与你的别离。

我在中午到达了别府,便乘公交车做了地狱环游。后来因为船舱的邂逅,我得以住进观海寺温泉旅馆。

今早的伊予滩航行很平静。阳光洒进船舱,脱去外套只留上衣还是热得出了汗。船停靠在别府港口,一道连绵的峰峦从左侧的高崎山而起,将城镇环抱其中,宛如巨大的圆形浪潮。我依稀记得一些日本海浪的装饰画上就有类似的光景。观海寺温泉位于一片高地,从浴池可以俯瞰城镇和海港。我没想到日本竟有这么开阔明亮的温泉胜地。地狱环游的车费是一百元，观光费也是一百元，途经的十五六个地狱泉多为私人所有，还有一个名叫"地狱协会"的管理组织。一趟环游下来，大约花了两个半小时。

地狱泉中有血池地狱、海地狱等名称，泉水颜色妖艳神秘，很难用语言形容。血池地狱的泉水宛如地底喷出的血浆，最后化成了透明的温泉，那种血色十分逼真，池中还冒着热腾腾的蒸汽。海地狱也许是因其泉水色如大海而得名，因为我从未见过如此通透而静谧的淡蓝色泉水。深夜，我躺在远离城镇喧嚣的山中旅馆房间里，回想起血池地狱和海地狱那令人惊叹的色彩，宛如走进了梦幻的世界。假设母亲和我曾经陷身于爱情地狱，那里是否也会有如此美丽的泉水？地狱泉的色彩令我恍惚而着迷。请原谅我的幻想。

三

十月二十日，饭田高原筋汤温泉。

我下榻于高原腹地的温泉旅馆，夜晚很冷，即使在毛衣外裹上旅馆的棉袄，我还是瑟瑟发抖，紧紧挨着火盆。听闻这座旅馆是遭遇火灾之后匆匆建成的简陋建筑，质量似乎不太好。

筋汤温泉位于海拔一千米的高原,明天我还要跨越一千五百米的山岭,到一千三百米的温泉旅馆落脚,所以离开东京时,我已经做好了御寒的准备。尽管如此,我还是无比怀念今早离开的别府的温暖。

明天我就能抵达九重山,后天便是此行的目的地竹田。我准备明天住进旅馆,后天抵达竹田后,也一直给你写信。不过,我最想对你说的究竟是什么呢?应该不是记录我的旅途。九重峻岭与父亲的故乡,会让我写下什么样的话语呢?

我也许是想道别,但心里非常清楚,唯有无声的别离方为最佳。我与你似乎没有说过多少话,又仿佛说了许多话。

"我希望你能原谅母亲。"每次见你,我都会替母亲道歉。

我为了道歉,第一次拜访你家时,你好像早已知道母亲有我这么一个女儿了。

你说你曾想象过和我聊聊你的父亲。

"除了我父亲,也希望哪天能跟你聊聊你的母亲。"当时你这样说。

然而,那一天并不会到来,那一天已经永远逝去了。如果现在跟你见面,聊起你的父亲和我的母亲,我一定会因悔恨与屈辱而战栗不已。我不能跟你聊父母。那样的孩子,真的能相爱吗？写到这里，我流下了眼泪。

我十一二岁时听了栗本老师的斥责，从此记住了"三谷叔叔家"有个男孩子。但是，我从未与"三谷叔叔"谈论过那个男孩子。因为我不敢跟他谈这个。那时我还是个女校学生，甚至不清楚那个男孩子究竟有没有出征。

空袭变得越发激烈后，你父亲还是经常到我家来。我总担心出点什么意外，害那个男孩子变成跟我一样没有父亲的人，所以我经常送你父亲回家。现在想来，那个男孩子在当时应该已是可能被征召入伍的青年，但我始终觉得他还是个少年。也许因为老师第一次提起那孩子时，我的痛苦已经深深镌刻在了心中。

因为妈妈胆小怕事，那段时间一直是我外出采购。有一次，我在争先恐后乘上火车的人群中看见一个美丽的女子，便紧紧挨着她。我们聊了聊彼此出门的目的，渐渐聊到了身世。

"我是别人家的小妾。"

美丽的女子坦白地对我说。

"其实我也是小妾的孩子。"那人听了我的话，似乎吃了一惊。

"欸？不过你也长大了，没什么的。"

那个人像是把我误会成了庶子。我涨红了脸，但没有解释。

我听见了温泉瀑布的动静。这里有一种泡温泉的方法叫"拍泉",就是坐在那几缕细细的温泉瀑布之下,接受泉水的拍打。也许这种温泉有舒缓筋骨疼痛的作用,便有了"筋汤"这个名字。旅馆没有室内浴场,住客都要去大浴场泡温泉。这里位于涌盖山和黑岩山之间的谷地,入夜之后,山气就会降落下来。不同于别府血池地狱和海地狱的奇幻色彩,今天山上是一片美丽的红叶。此前在别府,我从城岛高原远眺了由布岳美丽的景观,今天在离开丰后中村站前往饭岛高原的路上,还看到了九醉溪的红叶。走完十三曲径回头一看,逆光盖住了山背与山陵的色彩,更突出了红叶的美丽。夕阳倾洒在山涧,红叶的世界被映照得无比庄严。

明天的高原和群山都将迎来难得的好天气。我在这偏远山谷的旅馆向你道一句晚安。旅行三天来,我从未做过梦。

从打碎志野茶碗那一夜起,我在朋友家度过的三个月,不知经历了多少个不眠之夜。想来,我叨扰朋友已经太久了。原本留在上野公园背后那个出租房的一些行李,那个朋友也帮我去取了。

我还听朋友说,你第二天就去了公园的出租房找我。可我无法向她解释自己为何躲躲闪闪。

"那是我不能爱的人。"我只能这样告诉她。

"但是你被爱了,不是吗?被不能爱的人爱上,大抵都是谎言。女人就爱说这样的谎言。不过若是你说的,我可以相信……"朋友那番话,也许是想表达世界上并不存在绝对不能爱的人。她说得有道理。假如我也像母亲那样选择死亡……

但是,我为了美化母亲的死亡,究竟被引导到了什么样的境地,想必你是最清楚的。就算不是被引导,而是主动前往,我也难以分辨这是否是自我欺瞒。我真的能将自己的所作所为淡化为自我欺瞒吗?哪怕站在外人的角度去审视他人的行为,我又如何说得出那是欺瞒?上天或命运在赦免人类的所作所为时,能称之为欺瞒吗?

虽然我不该写这些,但我投靠的那个朋友,曾经跟男人犯过错误。也许正因如此,我才能安心地投靠她。同样,她也很快察觉了我的遭遇。然而,她必然无法理解我内心翻腾的悔恨。

我与母亲相似,性格有些漫不经心,所以渐渐走出了阴郁的心境。接着,那个朋友便同意我独自出来旅行了。

相比以前与母亲相依为命,还有母亲死后的独身生活,一个女人独自下榻旅馆的感觉很是自由。尽管如此,每当夜幕降临,我还是感到强烈的不安与孤愁,不由自主地动笔写起了这封不可能寄出的书信。我都已经沉默了三个月，事到如今还要说些什么呢？

四

十月二十二日，法华院温泉。

今天我越过了海拔一千五百四十米的诹峨守越，入住海拔一千三百零三米的法华院温泉旅馆。据说这是九州最高的山间温泉。我前往竹田的旅途在今天也已越过半程，明天便要下往久住町，然后抵达竹田。

不知是因为在高原的日照下行走，还是受到硫黄蒸汽的影响，今晚我有点累。这里的硫黄蒸汽不仅来自温泉，还有风带来的诹峨守越附近的硫黄山的烟气。听说谁若是戴了银怀表，在这里只消一天就要被熏黑。

"昨天早上五摄氏度，今天早上四摄氏度……今晚肯定比昨晚还要冷。"旅馆的人这样对我说。我不清楚他们是早上几点看的温度计，也许临近天亮时，气温还会下降到接近零摄氏度。

不过，我被领到了偏馆二楼的小房间，这里的窗户是能够阻挡严寒的双层玻璃。旅馆提供的棉袄很厚，火盆也烧得很旺，比昨晚的筋汤旅馆好过许多。尽管如此，我还是能感到山间夜晚彻骨的寒气。

法华院的旅馆是建在山上的独户，既不通邮政也不配送报纸。从这里到村落有三里地①，到最近的人家也有一里半。这里离小学也有三里地，所以孩子长到上学的年龄，就得寄养在山下村子里。

旅馆老板家有两个孩子，大儿子六岁，小女儿四岁。可能是见我一个女人出行，孩子的祖母来找我说了一会儿话。那两个孩子也跟来了，争抢着坐在祖母腿上。一开始妹妹抱着祖母不松手，后来哥哥把她推开，她就猛地扑向哥哥，追着哥哥打闹。哥哥长着一双漂亮的眼睛，四岁的妹妹更是大眼睛水灵灵的，举手投足十分有劲，一看就是个有气势的孩子。也许因为高山的日光强烈，他们才有了这么闪亮的眼睛。

"这些孩子平时没有一起玩耍的小伙伴吗？"我问道。

"得走上三里地，才有别家的小孩儿。"

祖母说，小女儿出生时，大儿子曾说："以前都是我跟妈妈睡，妹妹抢了妈妈。"听说，这是哥哥在妹妹尚未出生前说的话。

---

①译者注：日本的1里约为4公里。

"等宝宝出生了,我要睡宝宝旁边。"哥哥还这样说。但是后来,哥哥还是跟祖母睡了。虽然旅馆在隆冬时节可能会关闭,一家人到山下村子里居住,但我还是被山中长大的孩子们明亮的目光深深吸引了。那两个孩子都长着可爱的圆脸。

我突然想到,自己是独生女。

因为生下来就是独生女,我早已习惯了这种生活,平时并不觉得异样。虽不是全然没有感觉,但我并不会往深处想。以前在女校上学,倒是有过想要哥哥姐姐的短暂感伤,现在也早已消失了。甚至在母亲去世时,我都没有想过要是有兄弟姐妹就好了,而是马上给你打了电话。我让你成了与我共同隐瞒母亲死因的帮凶。事后想起来,我还觉得母亲的死责任在你……如果我有兄长,恐怕就不会这样想了。如果我有兄长,母亲可能不会死,至少也不会使我陷入那种罪孽的悲伤之中。现在细想起来,我感到无比震惊。我本是独生女,不该那么依赖你,但终究还是忍不住依赖了你。

我这个独生女如今独自住在深山里的独户旅馆,突然很想呼唤一声并不存在的兄长。即使没有兄长,哪怕有姐姐或是弟弟,有手足陪伴左右,那也很好呀。莫名地想呼唤并不存在于世上的兄弟姐妹,是不是很奇怪?

说到独生,我也从未考虑过你是独生子这个事实。即使你父亲来到我家,我也不敢谈论他家中的情况,因此并未听他说过你是独生子。有一次,他对我说:"家里没有兄弟姐妹,一定很寂寞吧。要是有个弟弟妹妹就好了。"

我吓得面无血色,几乎要浑身颤抖。

"就是啊……那人去世时也说,就她一个女孩子太可怜了。"

母亲和善地打着圆场,看见我的反应,似乎倒吸了一口气。

我感到了憎恨与恐惧。那时我应该十四五岁了。我已经非常了解母亲与你父亲的事情。我以为你父亲再说,我马上就要有异父的弟弟妹妹了。如今想来,那也许只是我的误会。他也许只是想到你也是家里的独子,因此可怜我与母亲二人相依为命。不过在那一刻,我的情绪十分可怕。我决心,如果母亲再生一个孩子,我一定要把那孩子杀死。在那之前和之后,我都从未动过杀人的念头,唯独那一刻,我真的可能动手。我不知是出于憎恨、嫉妒还是愤怒,也许只是少女一门心思的恐惧。母亲似乎感应到了什么,接着说道:"我请人看手相,都说这辈子只有一个孩子。我觉得,这个孩子够好了。"

"话是这么说……独生子通常内向,不爱与人交往。这样会不会越来越孤僻,处不好人际关系呢。"你父亲这么说,也许是看我低着头默不作声。其实我在躲避他，不想看他的脸，不想对他说话。我与妈妈相似，从来不是个阴沉的孩子。只是我平时再怎么活泼开朗，你父亲一到家里来，我都会变得沉默不语。母亲面对我孩子气的反抗，一定很痛苦。而你父亲说的恐怕不是我，而是你。

可是，如果我心怀杀意的那个孩子真的降生了又会如何？那孩子将是我的弟弟或妹妹，也是你的弟弟或妹妹……

"啊，好可怕。"

我越过高原和山岭，本应洗净了那种病态的想法，本应在"漂亮的天气"下一路行走过来。

"天气真漂亮啊，嗯。"

"是啊，天气真漂亮，嗯。"

今早我刚离开筋汤温泉，就听见路过的村民这样说。这一带不说"好天气"，而说"漂亮天气"。句尾还有一个肯定的"嗯"。他们打招呼的方式，让我的心也变晴朗了。

这天的天气真漂亮，路边不知是芒草还是萱草的穗子在朝阳中透着银色的光。榭树的红叶也在闪闪发光。左侧山脚的杉树林间已经笼罩着深邃的阴影。穿着红衣服的幼儿坐在田埂的草席上，旁边有个白色里布的小袋子装着食物，周围还摆着一些玩具。孩子的母亲正在割稻子。这一带冷得早，所以插秧也早，听说都是烤着火插秧。不过今早，草席上的孩子看上去像在暖暖和和地晒太阳，我也只是把鞋换成了胶底鞋，并没有穿御寒的衣服。

从筋汤出发有许多登山道路，也有翻越山岭的近路，但我决定先走到饭田的邮局和学校一带，再从高原中央远望着九重山峦缓缓前行。因为不用爬山，只需从诹峨守越走到法华院，以我的脚程也能轻松走完。

九重山其实是一串连绵的山脉的总称，从东边开始依次是黑岳、大船山、久住山、三俣山、黑岩山、星生山、猎师岳、涌盖山、一目山、泉水山、等等。这些山的北侧便是饭田高原。

虽说是山脉的北侧，其实涌盖山已经转向了西面，而崩平山更是位于高原北面，可以说整个高原被山脉包围，或者说四方都被山峦支撑起来了。这片群山环绕的圆形高原真的犹如美丽的梦幻国度。山峦被红叶覆盖，芒草的穗子好似风中的白色海浪，而我却感到这片风景泛着淡淡的紫色。此处海拔基本在一千米左右，东西与南北纵深各有八公里。

我此时正顺着南北方向行走。来到广阔的原野上，正前方的三俣山与星生山之间隐约升腾起了硫黄山的烟云。山峦一片快晴，只有右侧的涌盖山上空飘浮着几缕白云。从离开东京的那一刻，我就期待着高原的"漂亮天气"，此时当然是无比幸福。

我只知道信浓的高原，不过饭田高原正如许多人所说，充满了浪漫而怀旧的气息。这里的风光柔和明亮，令我感觉既像来到了远方，又像回归了心灵的故乡。南面的群山全都那么温和而优雅。渡船驶入别府港口的那一刻，我就被环抱城市的群山深深吸引了。如今在饭田高原远眺九重峻岭，我也感觉到了亲近与和谐。也许因为山峦的形状保持着完美的平衡。久住山高度在一千七百八十七米以上，是九州第一高山；大船山一千七百八十七米，是第二高山。这两座高山尚未映入眼帘，而前方的三俣山与星生山分别为一千七百四十米及一千七百六十米。这片连绵的山脉中，足有十座高度超过一千七百米的山峰。不过身在海拔一千米的高原，远眺高度相差无几的山峦，我心中也就有了温和的感觉。况且此处地处南国，大海就在不远处，高原的色彩也甚为亮丽。

来到位于高原中央的长者原，我在一棵松树下休息了许久。长者原散落着星星点点的松树，走在草原上，我不由自主地被它们吸引了。我又走了一段，来到另一棵松树下，吃了顿迟到的午饭。此时应该两点钟左右了。眺望着金黄的草原，我发现向光和背光的地方颜色有着微妙的差别。山峦的颜色也各不相同。红叶似火的山看起来就像彩色玻璃。我仿佛身处大自然的天堂。

"啊，真是来对了。"我放声说道。泪水模糊了我的视线，让芒草的穗子成了片片银光，但这并非悲伤的眼泪，而是洗却悲伤的眼泪。

我为了你，为了离别，来到了这片高原，来到了父亲的故乡。如果在想起你时，我内心始终摆脱不了悔恨与罪孽，那我就永远无法告别，也无法重新出发。请你原谅我，因为即使来到了遥远的高原，我依旧会想起你。这是为了离别的想念。走在草原上，远眺着山峦，这一刻，请允许我想念你。

我坐在松树下静静地想念你。我久久地坐着，幻想若这里是没有屋顶的天堂，不知能否就此升上天空。我痴痴地祈祷你的幸福。

"请与雪子小姐结婚吧。"

我这样说着，与我心中的你道别。

我必然不会遗忘你，但今后无论以何等丑陋而污浊的心想起你，我也将坚信，我在这座高原想念你时，已经与你做了道别。今日，母亲与我彻底消失在了你的生活中。请容我最后一次道歉。

"请你原谅母亲吧。"

从饭田高原翻越诹峨守越,一般要走三俣山麓的路线,但我还是走了运输硫黄的路。越接近硫黄山,它的模样就显得越可怕。即使距离还很远,硫黄的烟气也宛如火山喷发。广阔的山腹一带到处都有硫黄喷出,连山脊都一片光秃,岩石和泥土都被熏黑了,呈现一片焦土的景象。没有光泽的灰色与褐色都让人仿佛身处废墟。左侧的小山能够采集到天然硫黄,只需将圆筒插入喷气口,硫黄就会像冰柱一般凝结在开口处,可以供人采集。我穿过了采集场的烟尘,走过光秃秃的岩石,到达了隘口。

穿过隘口下到北千里浜再回头眺望,太阳已经快要落入山背,硫黄的烟气笼罩了光芒,令它看起来好似发白的月亮妖怪。前方的大船山覆盖着鲜艳的红叶,在夕阳中宛如绝美的锦绣。走下陡峭的斜坡,就到了法华院温泉。

今夜我写了很多,因为我想与你分享别离之后清澄无垢的高原一日。请你莫要挂念我,好好休息吧。

五

十月二十三日,竹田町。

我来到了父亲的故乡。

今日傍晚,我穿过岩山洞门,进入了竹田故里。从法华院温泉下到久住高原,再从久住町乘车到竹田町,车程大约五十分钟。

我住在伯父家里。这里是父亲出生的地方。第一次来到父亲的老家,我有种难以名状的心情。此前我觉得这里既是故乡又是异乡,今日见到与父亲外貌相似的伯父,我突然清晰地回忆起了故去十年的父亲的面容,感觉失去了家的我重新有了家。

我说自己从别府绕道九重而来,伯父一家惊呆了。他们见我独自翻山越岭,下榻温泉旅馆,一定觉得我是个独立而坚强的姑娘。我虽然很想看看这里的山,但也很犹豫该不该拜访父亲的老家。自从父亲去世,母亲就跟这里没有了联系,何况后来的境遇也让她无法面对父亲这边的亲戚。

"你在船上拍一封电报,我就能去别府接你了呀……别府过来可近了。"伯父这样对我说。我虽然写信告知了这次拜访,但并不认为自己与父亲这边的亲戚关系亲密到了可以拍电报通知到达时间的程度。

"我弟弟死的时候,你几岁啊?"

"十岁。"

"十岁啊。"伯父重复了一句,细细打量着我,"你跟你妈妈长得真像。我虽然没见过几次，但是看见你就想起来了。不过你也跟我弟弟挺像，瞧你这耳朵的形状，就是太田家的耳朵啊。"

"我见到您，也想起了父亲。"

"是吗？"

"以后我开始工作，就不能旅行了，所以想趁现在来拜访您……"

我不希望伯父认为我是来投靠亲戚的。我对伯父并无所求。伯父并没有来参加母亲的葬礼。毕竟从九州赶过来不方便，那场葬礼又那么私密……我只是为了离开与母亲息息相关的你，才想到父亲的故乡看看。我想挣脱母亲痴狂的爱的旋涡，回归到对父亲纯洁的想念中。但在日落西山之时走进这座群山包围的小城，又有点逃难之人回归故里的寂寥。

今早我在法华院睡了一会儿懒觉。

"早上好。"旅馆的人跟我打招呼，还说今天一早孩子在下面"闹了骚动"，是不是害我没睡好。可我丝毫没有察觉。

目光坚强的小女孩在送早饭时也跟了过来，一直挨着祖母。听说她今早从主屋和偏馆中间的桥上摔下去了。那桥离地有十五尺高，所幸孩子摔在了三块石头中间，这才捡回一条命。孩子虽然没事，但是哭着说："鞋子冲走了，鞋子冲走了。"

大人都调侃她,叫她再摔下去看看,孩子却说:"不要,没有衣服了。"

小女孩的衣服都摊在小河边的石头上晾着。那是染了藏蓝斑点、蝴蝶和牡丹花纹的红色小罩衫。看着那沐浴在阳光下的红色小罩衫,我感到了温暖的生命的恩泽。孩子恰好摔在三块岩石中间,那是何等的奇迹啊!我看了那三块岩石的缝隙,只能勉强容纳一个年幼的孩子。若是稍有偏颇,孩子就会摔在石头上,纵使不至于丧命,恐怕也要落得个身体残疾的下场。然而那孩子似乎不懂得自己经历了何等的危险和恐惧,身上也没有伤痛,依旧活蹦乱跳。这让我顿觉摔得恰到好处,看似是这个孩子,又不像是这个孩子。

我没能让母亲活下来。但我觉得有种未知的力量让我活了下来,因此更希望你能幸福。在人类的污浊与罪孽化成的岩石缝隙间,或许也存在着一度拯救过那孩子的救赎。

我轻抚着孩子浓密的黑发,内心希望自己也能分享到她的幸运,随后离开了法华院。

大船山的红叶太美了,我便在坊河原走了走。那是被三俣山、大船山、平治岳等大山包围的盆地。从这里看到的三俣山,跟昨天是相反的方向。我一直走到了筑紫山岳会的马醉木小屋。小屋周围长满了马醉木，还有可爱的石松。它长得有点像桧叶金发藓，只有两三寸高。我还看见了越橘和岩镜。大船山的红叶中夹杂着一些黑色，据说那都是杜鹃花。有的杜鹃花丛特别大，甚至能填满六叠的房间。坊河原还有许多雾岛杜鹃，这里的芒草又细又矮，穗子的长度也只有一寸左右。

听说山顶今早降到了零摄氏度，不过坊河原还能感到阳光的温暖，仿佛红叶的色彩也温暖了这里的空气。

回到旅馆附近，我又穿过白口岳与立中山之间的立山山顶，下到佐渡洼。那是一片形似佐渡岛的盆地，有一大片干枯的蓟草。从佐渡洼顺着锅破坂下去，来到朽网别，就能展望久住高原。锅破坂是一条石板坡，要穿过一片杂树林。一路上非常安静，只能听见自己脚踩落叶的声音。

我走了许久都没碰到人，得以专注于行走在大自然之中的脚步声。来到朽网别，左边是清水山美丽的红叶。在这里应该能看到阿苏五峰，可惜云霞遮挡未能目睹。不过我依稀看见了祖母倾的群山。久住高原是一片宽达二十公里的草原，远处与阿苏北麓及波野原相连，视野甚为开阔。九重（或者说久住）的群山自南面包围过来，其山顶也都被云霞遮挡住了。穿过足有一人高的芒草，再经过牧场，就来到了久住城。

久住南面的登山口有一座名字罕见的寺院，叫猪鹿狼寺。

猪鹿狼寺与法华院都是拥有数百年历史的灵地。可以说，九重的群山都是福地洞天。我这一路过来，也深深感到自己穿过了清灵的土地。真是太好了。

伯父家的人都睡下了，我也不能像住旅馆时那样，独自写信到深夜。

——晚安。

六

十月二十四日，竹田町。

在竹田车站，每次丰肥线的列车进站出站，都会播放歌曲《荒城之月》。城里的人都说，泷廉太郎为《荒城之月》作曲时，心里描绘的就是这里的冈城遗址。听说泷的父亲在明治二十年前后到这里来赴任郡长，他也跟着上了竹田町的高等小学。当时还是少年的廉太郎，一定在古城遗址玩耍过。

泷廉太郎死于明治三十六年，时年二十五岁。他算的是虚岁，于我而言就是后年了。

"我想在二十五岁死去。"记得以前上女校，我跟朋友谈论过这个。好像是朋友说的，也好像是我说的。

《荒城之月》的作词家土井晚翠也在今年去世了。我来之前不久，竹田町在冈城遗址举办过晚翠的追悼会。据说作曲的廉太郎与作词的晚翠曾在伦敦见过面。在我父亲还是个幼儿的遥远岁月，年轻的诗人与音乐家在他乡邂逅。不知道这与《荒城之月》的谱曲是否有所联系。只不过，二人的确留下了一首美丽的歌谣。如今恐怕没有人不会唱《荒城之月》吧。但是，我与你的邂逅，又留下了什么呢？

"像泷廉太郎那样天才的孩子……"我突然想到这里，心中不禁一阵悸动。我之所以会这样幻想，之所以会写下这些，也许是因为今天我已经在父亲的故乡安顿下来了。但你是否曾经试想过，女人这种难以分辨是恐惧抑或欣喜的心悸之感？你是否有过跟我一样的不安？我也并未预料到这样的悸动，并切身感觉到了何为女人。我甚至幻想到了不告诉你这件事，瞒着你把孩子养大。我还做好了空虚的觉悟，认定那是我作为与母亲相依为命的孩子的命运。你是否吓了一跳？我作为女人，仅仅因为这个猜想，就瘦了下去。不过，我的不安并未持续很久。

在竹田车站听着《荒城之月》，我不过是想起了那段时间的悸动。

四方岩山绕，竹田故里置其中。

秋水过山城，出入皆是石洞门。

　　今天我打算在城里走走，刚走到横亘秋水的桥上，就听见了歌声，于是被引向了车站的方向。因为那是车站在播放唱片。昨天我没有乘火车，而是从久住町乘汽车来的，所以没发现。

　　那条河就在车站门口。从车站走回桥上，歌声还在继续，我便倚着栏杆，站在桥上眺望河水。左岸有许多柱子撑在河边大石上、朝河面突出的小房子。有个女人正蹲在石头旁洗衣服。车站背后就是岩石山体，石头上还有细细的水流像瀑布般滑落。岩山上也满是红叶，中间夹杂着一些残绿。

　　我走在父亲的故乡，心里想着你。父亲的故乡已经不再是陌生的地方。昨天傍晚到达时我尚未发现，但是今早再看，这真的是个很小的城镇，无论往哪边走都会遇到岩壁的阻挡。这下，我总算明白四方岩山绕、故里置其中的意境了。

　　昨夜，伯父用的旅馆的火柴盒上印着"山清水秀、竹田美人"的字样。

　　"好像京都一样呢。"我笑着说。

　　"就是啊。竹田美人真的没说错。抚琴、茶道无不精通。毕竟这里自古就是艺伎兴盛的地方。城里的水也美。这里管屋檐下流淌的小沟叫井出，你父亲小时候就是用井出的水漱口的，现在也用它清洗茶碗。"

这座人口只有一万的小城坐拥十几座寺院，神社也有将近十座，真的可以称之为小京都。

"现在竹田美人已经没有啦。"伯父说完，又细数了几个以前生活在这里的人和离开这里去了东京的人。但我走在城中，还是觉得这里的女人很美。靠近城郊的洞门时，岩山上是一片红叶，洞门另一头的石头上则长满绿色的苔藓，只见一个身穿白色毛衣的漂亮姑娘走了过来。

城中央有一条道路经过铺装的商店街，那里亮着略显孤寂的铃兰灯。往旁边一拐弯，就进入了古镇，没走多远便又是岩壁。石崖、白色库房、黑色木围墙，还有摇摇欲坠的土墙，都让我联想到了古镇。但是听说这里在明治十年的西南战争期间被彻底烧毁了，更古老的房子只能在山边见到一些。我回到伯父家，说了在城中的见闻。

"文子应该把整座城都走遍了吧？"伯母这样说。

田能村竹田的故居、田伏大宅遗迹的基督教秘密礼拜堂、中川神社的圣地亚哥大钟、广濑神社、冈城遗址、鱼住瀑布、碧云寺等景点只需半日便走完了。

至今，竹田町还有很多人称竹田为"竹田老师"。昨天我从久住乘车经过的那条路曾有大名通过，竹田和广濑淡窗等诸多文人也曾走过。赖山阳来拜访竹田时，走的就是那条路。竹田的故居还保留着他与山阳品尝煎茶的茶室。那座茶室与主屋之间的庭院有一株叶片枯黄折断的芭蕉，映照在阳光中。泡桐树的叶子也枯黄了。主屋门前还有一块菜地的遗址，相传竹田请山阳吃过地里种出的蔬菜。竹田纪念馆的画圣堂是新建筑，里面也有茶席，听说里面装饰着竹田的南画，还能品尝抹茶。

基督教秘密礼拜堂就在竹田庄不远处。礼拜堂隐藏在一片竹林后的岩壁中，洞穴甚是宽敞。圣地亚哥大钟上镌刻着"1612 SANTIAGO HOSPITAL"的字样。

竹田过去的城主是基督教徒。

竹田庄的院子里有织部灯笼，据说沿着小路往上走，向右转就是竹田庄的石崖，反方向的房子曾经住过古田织部的后代，我从门前走过时，心怦怦直跳。传说古田织部的孩子来到竹田，并在这里住下了。我记得那里叫上殿町，是以前武家宅邸所在的地方。

我永远忘不了。在圆觉寺的茶会第一次见到你时，稻村雪子小姐要点茶，问了一句："用什么碗呀？"

"我想想，就用那个织部吧。"

栗本老师说那是你父亲钟爱的茶碗,后来送给了她。但是在此之前,那也是我亡父的茶碗。是母亲将它转让给了你的父亲。雪子小姐用那个黑织部点了茶,你将茶喝下了。仅仅是这样,我便羞愧得抬不起头来,母亲却说:"我也想用那只茶碗品一品……"

也许就在那一次,母亲喝下了命运的毒药。

我没想到自己来到父亲的故乡,竟会想起那天的茶会。若那个黑织部还在老师手上,请你把它要回来,再把它藏起来吧。请你让我误以为它消失了影踪吧。

如今我已独自看过了父亲的故乡,接下来将离开竹田町。之所以写了这么多城中的见闻,是因为我以后再也不会来了。因为我想在父亲的故乡与你道别。虽然我不打算寄出这封信,就算寄出了,这也将是最后的音信。

冈城遗址除了石崖并没有留下什么。不过,要塞的高地视野开阔,可以看见秋日晴空下的群山。祖母倾山脉、反面的九重山,还有大船的山顶,只笼罩着淡淡的白云。我走过的高原和山口就在那个方向。我在高原的松树下,在遍野的芒草丛中想念你时,已经完成了对你的道别。如今再说别离,却也显得痴缠。可我虽然将自己从你身边抹去,女人的痴情还是不被我左右。请原谅我。晚安。

在旅途的信中，我劝你与雪子小姐结婚，但还是请你自己做决定。我与母亲绝不会妨碍你的自由与幸福。请你务必不要寻找我。

六天的旅程，我絮絮叨叨地写了许多话，女人多么啰唆啊。我希望你能理解我的道别，无奈话语空洞，女人的痴情又一心想留在你身边，连希望你理解的愿望，如今也与我相悖。我将从父亲的故乡重新出发。永别了。

七

一年半前阅读文子的来信，以及与雪子新婚旅行归来后重读这些信，菊治对那些话语的理解变得极为不同。

然而，他说不出究竟有什么不同。果然话语都是空洞的。

菊治走出新居的庭院，烧掉了文子的信。庭院里没什么像样的东西，只是简陋的木围墙框住了一片狭窄的空地。

信纸受了潮，不怎么好烧。

他把整沓信纸拆开，点了好几次火。文子的字迹逐渐变色，直到纸张变为灰烬，文字仍旧留在上面。

"那些话，都让火焰焚烧了吧。"

菊治往火堆上一张一张地扔信纸。

纵使烧掉文子的话语，烧掉她的信，又能如何？菊治避开烟雾看向一旁。围墙的角落里，洒落了一缕冬日斜阳。

"旅行怎么样啊？"走廊突然传来栗本近子的声音，菊治感到背后一凉。

"你怎么不声不响就进来了？"

"谁叫你不开门了。都说新婚家庭容易被小偷盯上，你家用人又还没来。也许你们先过一段二人世界更好呢。雪子小姐一定能打理好家里。"

"你从哪儿打听到的？"

"你说这间房子吗？蛇的道路自有蛇知道。"

"你还真是条毒蛇。"菊治恶狠狠地说。

父亲去世后，近子一直擅自闯进菊治家，没想到现在又闯进了这座房子。菊治对她的厌恶更强烈了。

"不过这么冷的天，让雪子小姐碰水实在不好。要不，我来帮忙吧？"

菊治没有回头。

"你在烧什么？文子小姐的信吗？"

菊治蹲着，信又放在腿上，近子应该看不见才对。

"既然你在烧文子小姐的信，那一定很暖和吧。真好。"

"我已经沦落到这种房子里了，用不着再像以前那样劳烦你。以后别来了。"

"放心吧，我不打扰你。我作为雪子小姐的媒人，看见你们俩结婚，不知有多高兴呢。这下我就放心了。以后啊，我就只管安心伺候你们两口子……"

菊治把剩下的信塞进怀里站了起来。

近子看了一眼菊治，原本站在走廊边上，顿时往后缩了一步："哎呀，你怎么摆出这么吓人的表情？我见雪子小姐的行李还没收拾，就想来帮帮忙而已呀……"

"别多管闲事。"

"这哪叫多管闲事呢，是我一片忠心要伺候你们呀。你怎么就不理解呢。"

近子跌坐在地，耸起左肩，看似害怕地哀叹起来："夫人不是回娘家了嘛。菊治少爷为何抛下夫人先回来了？她可担心了。"

"你还去过雪子家了？"

"我是去恭喜她的。若是你不高兴，那我道歉。"

近子一直窥视着菊治的脸色，菊治按捺着怒火说："对了，那个黑织部还在你手上吧。"

"你父亲给我的？在呢。"

"既然在，那就转让给我吧。"

"好，"近子眼中的疑惑与迷茫很快变作了怨恨，"好。本来我一辈子都不想放开你父亲的东西，但既然菊治少爷提出来，那么今天也行，明天也行，尽管拿去吧……您要开始品茶了吗？"

"你现在就拿来给我吧。"

"知道了。等你烧完了文子小姐的信，就用黑织部品茶吧。"

近子垂着头，像是扒拉着什么东西走出去了。

菊治回到院子里，然而双手颤抖不停，连火柴都擦不着了。

新家庭

一

雪子是个活泼好动的女人，但菊治也不止一次看见她呆坐在钢琴前一动不动。

在这座房子里，钢琴显得格外庞大。

这架钢琴来自菊治新投资的钢琴厂。菊治的父亲以前是一家乐器公司的股东，那公司后来当然也被征用为了兵工厂。战后，公司的一名技师想生产自己设计的钢琴，借着与菊治父亲的交情找过他几次。后来菊治就用卖房子的钱做了投资。

那个小厂试生产的作品，也分了一架给菊治，被他摆在新家。雪子自己的钢琴留给了娘家的妹妹。而她的娘家并非没有能力给妹妹买新钢琴，所以菊治对她提过两三次说："要是这架钢琴不好，就把以前的那架要过来吧。不用跟我客气。"

他之所以这么说，是以为雪子不喜欢这架钢琴，才会对着它发呆。

"这个就行。"雪子很是意外地说,"我虽然不太懂,但是调音师夸奖过它,不是吗?"

其实,菊治也明白并非钢琴的问题。而且他也知道,雪子对钢琴的喜爱还没有深厚到有所讲究的地步。

"我见你总是对着钢琴发呆……"菊治说,"我看着像是你不喜欢钢琴。"

"跟钢琴没关系。"雪子坦率地说完,似乎还想解释,却改变了主意,"你看见我发呆了?什么时候?"

按照习惯,这座房子进门有个西式房,摆在里面的钢琴无论从起居室还是二楼菊治的房间都看不到。

"以前住在娘家太热闹了,都没有时间发呆。能发呆是件稀罕事。"

菊治想象着雪子的娘家——家里有父母兄妹,还有客人出入,想必很是热闹。

"不过此前见面,我倒觉得你是沉默寡言的性格呢。"

"是吗?其实我特别爱说话。只要跟母亲和妹妹在一起,就没有停下来的时候。三个人之中总有一个人在说话。不过话说回来,我也许是其中说话最少的那个。每次觉得母亲在客人面前话太多了,我都会一言不发。要是你听了她那些社交对话，肯定也会烦。如果我一直待在母亲身边，可能就是个沉默寡言、面色阴沉的女儿了。妹妹倒是跟母亲很合得来……"

"她一定想把你嫁到更热闹的人家吧。"

"对呀，"雪子直率地点点头，"自从来到这里，我说的话可能连以前的十分之一都不到。"

"因为白天只有你一个人。"

"就算你在，我也不会聊得热火朝天呀。"

"也对。不过散步时挺能聊的。"

菊治会想起二人在夜晚散步，雪子似乎忘记了近来的寒冷，高兴地说着话，还主动凑过来牵他的手。也许她一离开家，就会感到更自由。

"现在虽然不一个人出门了，不过以前在娘家，只要出门回来，我都会跟母亲讲自己在外面的经历。然后见到父亲，又对他讲一遍。"

"他听了一定很高兴吧？"

雪子盯着菊治看了一会儿，然后点点头："有时我跟父亲说话，母亲正好在旁边听了第二遍，还会吃吃地笑呢。"

菊治到现在都不能理解，雪子为何愿意离开亲爱的父母，来到他这里，枯坐在简陋的起居室里。二人开始共同生活后，菊治才注意到，原来雪子的眼睫毛之间有颗小小的痣。

他们生活在同一屋檐下之后,菊治才意识到雪子的牙齿是那么光洁美丽。每一次接吻,他都被雪子青春的牙齿所打动。有时拥抱着渐渐习惯了接吻的雪子,菊治会突然落泪。因为二人仅止于接吻,菊治眼中的雪子,就是至为珍重宝贵的人。

然而,对于仅止于接吻这件事,雪子似乎并没有菊治那般懊恼和焦虑。雪子并非对婚姻无知,只是对她来说,接吻和拥抱似乎还充满了新鲜感,代表了足够的爱意,所以她也热情地回应着菊治。

菊治开始觉得,这样的新婚生活似乎并没有他所烦恼的那般不自然、不健康。

雪子从蔬菜店买来的萝卜和京菜,那白的、绿的在菊治眼中都显得无比新奇。单是这样,也许就是幸福了。以前跟老用人住在旧房子里,他甚至看都没看过厨房里的蔬菜。

"你一个人住在那么大的房子里,不会寂寞吗?"

刚搬来没多久,雪子问过他一次。菊治不禁感慨,他们只相处了这么短的时间,雪子却连他的过去,也一并心疼起来了。

每天清晨醒来,若雪子不在身边,菊治就会感到莫名的寂寞。因为要梳洗做事,雪子自然会比他早起,但菊治只要看到雪子熟睡的模样,内心就会生出一股暖意,所以总会努力比雪子早起。若雪子没有躺在身边,菊治甚至会感到轻微的不安。

一天傍晚,菊治回来就问:"雪子,你用的香水是马查贝利王子吗?"

"哎,怎么突然问这个?"

"一个看钢琴的女客对我说的。原来有的人鼻子这么灵啊。"

"怎么会沾上香气呢?"

雪子接过他的上衣闻了闻,似乎想到了。

"我把香水瓶忘在衣柜里了。"

二

二月末,连续三日的雨终于在傍晚前停了,尚未完全放晴的天空透着一丝淡淡的桃红色。在这样的星期日,栗本近子捧着黑织部茶碗来了。

"给,我带来了本想留作纪念的茶碗。"近子说着,从双层木盒里取出茶碗,捧在掌心端详了一会儿,继而放在菊治身前。

"这早蕨的花纹,正适合现在的时节呢。"

菊治并不拿起茶碗审视,而是说:"你还专门等到我忘了才拿来呀。那天你说回头就拿来，我见你不来，还以为你反悔了。"

"这是初春的茶碗，我冬天送来，你也用不着啊。再说我也真不舍得将它出手，总是下不了决心呀……"

雪子端来了粗茶。

"哎呀夫人，真麻烦你了。"近子煞有介事地说，"夫人，你这一冬天过的，都没有用人帮忙吗？真是辛苦你了。"

"因为我们想单独生活一段时间。"雪子毫不犹豫的回答让菊治吃了一惊。

"那是我多嘴了，"近子兀自点着头说，"夫人，你还记得这织部吗？特别怀念是吧。我觉得啊，用它给两位当贺礼，是再好不过了……"

雪子用询问的目光看向菊治。

"夫人也坐到火盆边上来吧。"近子说。

"好的。"

雪子走到菊治身边，与他并肩而坐。菊治忍住莫名涌出的笑意，对近子说："我是想跟你买下，不能就这么收下。"

"那怎么行。这本来就是你父亲送给我的，我再怎么落魄，也不能卖给菊治少爷啊。你想想，是不是这个道理？"

近子如此说完，又转向了雪子："夫人，好久没看你点茶了。我啊,从来没见过像你这样点茶时直率又优雅的小姐。现在看到你,我又想起了你在圆觉寺的茶会上,用这个织部第一次给菊治少爷点茶的样子呢。"

雪子沉默不语。

"若是你用这个织部再给菊治少爷点一次茶,那我专门送过来也算是值了。"

"但家里没有茶具呀。"雪子垂着头回答。

"哎,可别这么说……只要有个茶筅,就能点茶啦。"

"哦。"

"你可要好好对待这个织部啊。"

"好。"

近子看了一眼菊治,又说:"夫人说家里没茶具,但你有个水指不是吗?那个志野的?"

"那是花瓶。"菊治慌忙说。

菊治实在不忍心卖掉太田夫人留下的水指,便带到了这座房子里。他本来将水指放在壁橱里试图遗忘,没想到近子突然提起,心中不禁一阵动摇。

此时此刻,他意识到近子对太田夫人的憎恨仍未消弭。

雪子送近子出了大门。

近子在门口抬头看天,说了一句:"东京的天空啊,就像被城市的灯光照亮了……天气暖和起来了,真好。"

说完,她就耸着一边肩膀,轻轻摇晃着离开了。

雪子坐在门口,低声说道:"开口闭口管我叫夫人,真叫人讨厌。"

"是很讨厌。但她应该不会来了。"菊治也在门口站了一会儿。

"不过她说东京的天空像被城市的灯光照亮,说得真好。"

雪子下到地面,打开玄关门仰望天空,回过头来正要关门,发现菊治也在看天,就犹豫了一会儿。

"可以关了吗?"

"嗯。"

"天气真的暖和了不少呢。"

回到起居室,织部的茶碗还没收起来。菊治等到雪子收好茶碗,提出到外面逛逛。

他们走到了高地上的宅邸区。等到周围没人时,雪子主动牵了他的手。雪子平时好像很注意保养双手,但还是被冬季的冷水侵蚀,掌心变得有些粗硬了。

"你是想买下那个茶碗,而不是当成礼物收下,对吧?"雪子突然问道。

"对，要卖掉。"

"对吧，她是来卖茶碗的吧。"

"不，是我要卖掉。到时候把卖茶碗的钱拿给栗本就行了。"

"哎，你要卖掉吗？"

"在圆觉寺的茶会上，你也听了那茶碗的故事吧。刚才栗本说那是我父亲送给她的，其实在此之前，那是太田家的茶碗。因为有这段背景……"

"但我并不在意那些。如果是个好茶碗，还是留下吧。"

"那当然是个好茶碗，可正因为好，为了茶碗着想，也应该把它卖掉，让它消失影踪，再难被我们看到。"

消失影踪——菊治忍不住用了文子在信中提到的字眼。他之所以从栗本近子那里要回茶碗，也是听从了文子的请求。

"茶碗有它自己的生命，得让它离开我们好好活下去。那个我们，难道不包括雪子吗……茶碗本身是坚强而美丽的，不带一丝病态的妄执，然而伴随着茶碗的记忆却非如此，导致我们看茶碗的目光有了邪念。我说的我们，也不过是五六个人而已。若说过去，恐怕有上百个人曾经正确地善待过这只茶碗。茶碗本身的历史已有四百年，所以从茶碗的角度看，它在太田手中、在我父亲手中、在栗本手中度过的时间，不过是弹指一挥间，如同薄云飘过的影子。它应该去到心灵更健全的主人手上。我希望在我们死后，那个织部也能在别人那里，继续保持美丽。"

"是吗？既然你这么珍视它，就更不应该卖掉呀。我真的不在意。"

"我不是舍不得，毕竟我对茶碗向来没什么执着。我是想让那茶碗摆脱我们的历史。一直让栗本拿着，我心里也不舒服。它还会让人想起圆觉寺的茶会。我不能将茶碗束缚在人类丑陋的命运之中。"

"你这么说，倒显得茶碗比人更重要呢。"

"也许是的。我虽然不懂茶碗，可它毕竟是有眼光的人传承了几百年的东西，自然轮不到我来打碎。所以，最好还是让它消失影踪。"

"我觉得也可以把它留下，当作承载了我俩回忆的茶碗呀。"雪子用清澈的声音，重复了自己的想法，"虽然现在我也不太确定，若是以后那个茶碗渐渐变成了美好的回忆，那不是很好吗……以前的事情不必在意。如果你卖了它，过后再想起来，一定会很寂寞吧？"

"怎么会？那个茶碗注定要离开我们，消失影踪的。"

讲到茶碗注定的命运，菊治突然深深想念起文子，心中一阵刺痛。

他们散步了一个半小时,最后回家了。

将火盆的火移到被炉时,雪子突然用双手握住了菊治的手,像是要他感觉左手与右手不同的温度。

"我们吃栗本老师带来的点心吧。"

"不想吃。"

"是吗?她还带了浓茶,说是专门叫人从京都送来的……"雪子不太在乎地说。

菊治拿起装了织部茶碗的布包收进笔触,看见里面的志野水指,决心把它跟茶碗一同卖掉。

雪子往脸上擦了乳霜,摘下发夹准备睡觉。她解开发辫,一边梳头一边说:

"你说我要不要去剪个短发呢?可我总觉得叫人看见后颈太羞耻了。"

说着,她抓起一把长发看了看。

也许是口红不好擦掉,雪子凑近化妆镜,微微张开嘴,用纱布擦拭嘴唇。

他们在黑暗中温暖着彼此,菊治不仅陷入沉思,自问还要亵渎这神圣的憧憬到什么时候。然而,至上的纯洁不会沾染任何污浊,正因如此才会包容一切。他能否用这自私的想法,为自己找到救赎?

雪子睡熟后,菊治抽回了手,可是没了雪子的体温,他又感到格外寂寞。在隔壁冰冷的床褥中等待他的,是不该结婚的深深悔恨。

三

淡桃红色的傍晚天空持续了两日。

菊治坐在下班的电车上,只觉得新建的楼房里都亮着惨白的灯光。仔细一想,那应该是荧光灯。每个房间都亮着灯,像是在分享新建成的喜悦。楼房斜对的上空,挂着一轮临近满月的明月。

菊治到家时,桃红色的天空已被夕阳带到地平线的另一端,化作了橙红的晚霞。走到自家转角处,菊治突然有点不安,把手伸进外套内袋,摸了摸里面的支票。

他看见雪子从隔壁家走出来,小跑着进了自家大门。因为背对着他,雪子并没有发现菊治。

"雪子,雪子。"

雪子又从门里出来了。

"回来啦。刚才你看见我了?"她涨红了脸,"我在邻居家给妹妹打电话……"

"哦？"

菊治没想到竟是这样。她什么时候开始借邻居的电话了？

"今天的天色也跟昨天傍晚一样呢。不过比昨天晴朗一些，暖和多了。"雪子看着天空说。

换衣服时，菊治拿出支票，摆在茶箱上。

雪子一边低头整理菊治换下的衣服，一边说道："电话是妹妹打来的，说她跟父亲昨天想趁星期日过来……"

"来我们家？"

"对呀。"

"那怎么没来呢……"菊治漫不经心地说。

雪子停下了刷裤子的动作。

"你这么说也……"她顿了顿，重新说道，"前不久我给娘家写信，叫他们暂时别来。"

菊治觉得奇怪，险些要问为什么，随即恍然大悟。因为他俩还没成为真正的夫妻，雪子害怕父亲来了会发现。

可是，雪子马上抬头看向菊治："我父亲想来，你出面请他来吧。"

菊治眯着眼注视雪子，仿佛她眼中散发着炫目的光："何必我专门出面，直接来不就好了。"

"我毕竟是嫁过来的媳妇……不过,他好像也不是想客气。"雪子甚是开朗地说道。

也许,菊治比雪子更害怕她父亲来访。在雪子开口之前,他从未想过这个问题。结婚之后,他从未邀请过雪子的家人过来做客,甚至可以说,他已经忘掉了雪子娘家的亲人。因为菊治始终深陷于他与雪子的异常关系,或应该说无法与之发生关系,所以无暇考虑雪子以外的人。

只是,太田夫人与文子的回忆宛如梦幻的蝴蝶,始终萦绕在菊治脑中,让他无能为力。他只觉得头脑中阴暗的底端,似乎装满了翩翩飞舞的蝴蝶。那并非太田夫人的幽灵,而是菊治的悔恨。

雪子写信给父亲让他别来,也让菊治领悟到了她内心隐藏的悲哀与困惑。正如栗本近子所怀疑,雪子没让用人过来,独自一人操持了整个冬天,也是害怕让外人嗅出夫妻俩的秘密。

尽管如此,雪子在菊治眼中明快得近乎耀眼的开朗,恐怕不只是为了让他安心。

"你什么时候给令尊写了不希望他过来的信?"菊治问道。

"我想想,应该是正月过了七天吧?你正月不是陪我回了一趟娘家嘛。"

"我们三号去的。"

"我是在四五天后写的信。你还记得吗？二号那天我父母都忙着在家招待客人，妹妹一个人来拜年了。"

"对，她还带话过来，请我们第二天去横滨。"菊治想起来，回答道。

"不过你写信叫他别来，这样不太好。不如请他下个星期日来做客吧。"

"好的。我父亲一定很高兴，还会带妹妹过来。他可能也不好意思一个人过来吧？要是妹妹在，我也放心许多。这种感觉真奇怪。"

有妹妹在，雪子也会轻松不少。雪子定是不希望让父亲发现她跟菊治这不像样的婚姻关系。

雪子好像在烧洗澡水，走进小小的浴室时，菊治听见了试水温的响动。

"饭前先泡个澡吧？"

"好吧。"

菊治坐在浴缸里，雪子隔着玻璃门喊了一声。

"茶箱上的支票是怎么回事？"

"哦，那是卖掉织部茶碗的钱。我得拿给栗本。"

"茶碗这么贵吗？"

"不，里面还有咱们家那个水指的钱。"

"咱们家的有多少？"

"有一半吧。"

"一半也很多了。"

"是啊。用来做什么好呢？"

雪子知道织部茶碗的事情，昨天散步时也细谈了。只不过，她对志野水指背后的故事一无所知。

她站在浴室的玻璃门外没有走开。

"不如别花掉，用来买股票吧？"

"股票？"菊治很意外。

"那个……"雪子拉开玻璃门走了进来。

"父亲给我和妹妹各留了一笔钱，差不多有支票上的四分之一。他叫我们自己投资，还帮我们找熟悉的股票商买了股票。买好股票后，跌了不要卖，等涨了就卖出去，再买别的股票。这么一来二去，钱就慢慢变多了。"

"哦？"菊治想，这应该是雪子娘家的家风。

"我和妹妹每天都关注报纸上的股票版面。"

"你现在还有股票吗？"

"有呢。不过都寄放在股票商那里，我自己没见过……总之股票跌了不会卖，所以不吃亏。"雪子单纯地说。

"那不如拜托你把那笔钱也拿去买股票吧。"

菊治笑着看向雪子。雪子系着白色围裙,脚上穿着红色毛袜。

"雪子,你也进来泡一泡,暖暖身子吧。"

雪子的眼角勾勒出了美丽的羞涩。

"我还要做饭呢。"她轻盈地走了出去。

四

那个星期的星期六,已经是三月了。

因为父亲和妹妹要来,雪子吃过晚饭独自进城采购,抱着水果和花束回来了。她在厨房一直打扫到深夜,然后坐在妆台前,打理了好久的头发。

"你上回不是答应我可以剪短嘛,今天我就想彻底剪成短发来着。但我不想吓着父亲……就找人修了一下。总觉得有点奇怪,我不太喜欢。"她自言自语道。

躺下睡觉后,雪子还是难以平静。见她如此期待父亲和妹妹的来访,菊治不禁有些嫉妒,但又觉得这是因为雪子平时太寂寞了。于是,他轻轻地搂住了雪子。

"你的手好冷啊。"菊治将那双手放在自己胸口,伸出一只手臂让雪子枕着，另一只手则轻轻摩挲着她的手臂。

"跟我说说话吧。"雪子离开他的唇，蹭了蹭他的手臂。

"好痒啊，"菊治撩起她的头发，将发丝别到耳后，"你在伊豆山也要我跟你说说话，还记得吗？"

"不记得了。"

菊治忘不掉。那时他躺在黑暗的深处，紧闭着颤抖的眼睑，想起了文子，想起了太田夫人，徒劳地希望那些妄想能赐予他力量，去接纳雪子的纯洁。明天雪子的父亲就要来了，菊治又一次想起太田夫人的女性气息，希望能在今夜改变二人的关系，然而，他反倒觉得雪子的清纯变得更无法抗拒了。

"不如雪子跟我说说话吧。"

"我有什么好说的。"

"明天见到令尊，你想跟他说什么？"

"跟父亲说的话，到时候再说就是了。他只是想来这里看看，看到我们过得幸福就足够了。"

见菊治一动不动，雪子把头埋在他的胸口，随后也不动了。

翌日，雪子的父亲和妹妹早上十点多到了。雪子在家中忙个不停，同时和妹妹笑语不断。午饭早早开始时，栗本近子来了。

"家里有客人吧？我只跟菊治少爷说句话就好了。"

菊治听见她在门口对雪子这样说，便起身走了过去。

"你把织部卖掉了？从我这儿要回去就是为了卖掉吗？现在又把钱给我了，是怎么回事？"近子连珠炮似的问道，"我本来想马上登门，但又想到不是星期日菊治少爷都不在家，只能坐立不安地等着。虽然晚上来也可以……"

近子从手提袋里拿出了菊治的信："这个还给你。钱也放在里面没动过，你点点吧……"

"不，你还是收下吧。"菊治说。

"我为什么要收这些钱？这难道是遣散费吗？"

"开什么玩笑，我现在哪还需要给你遣散费。"

"你说得有道理。就算是遣散费，专门卖了织部给我钱，却也说不通啊。"

"那本是你的茶碗，我只不过把卖掉的钱交给你罢了。"

"我把茶碗送给你了。这是菊治少爷自己要求的，也是再合适不过的新婚礼物。虽然我一直把它当成你父亲的纪念……"

"你就当作用这笔钱把茶碗卖给我了吧。"

"那怎么行呢？上次说过了，我再怎么落魄，也不会把你父亲送的东西又卖给你啊。而且，你不是把茶碗卖给茶具店了吗？若你非要我收下这笔钱，我就去茶具店再买回来。"

菊治不禁想，早知就不该如实写明他将卖了茶碗的钱转给她。

"好了，先进屋再说吧……家父和妹妹从横滨来做客了，老师不必客气。"

雪子平静地说。

"令尊……？哎，原来是这样啊。那可真是太巧了，请让我进去打个招呼吧。"近子的双肩突然软下来，兀自点起了头。

在喧嚣的世界里，

坚持以匠人心态认认真真打磨每一本书，

坚持为读者提供

有用、有趣、有品位、有价值的阅读。

愿我们在阅读中相知相遇，在阅读中成长蜕变！

好读。只为优质阅读。

千只鹤

策　　划：好读文化	责任编辑：周　杨
监　　制：姚常伟	内文制作：尚春苓
产品经理：姜晴川	装帧设计：陈绮清

图书在版编目（CIP）数据

千只鹤 /（日）川端康成著；吕灵芝译. —北京：北京联合出版公司，2023.4
ISBN 978-7-5596-6559-1

Ⅰ.①千… Ⅱ.①川…②吕… Ⅲ.①中篇小说—小说集—日本—现代 Ⅳ.①I313.45

中国版本图书馆CIP数据核字（2023）第010256号

千只鹤

作　　者：[日]川端康成
译　　者：吕灵芝
出 品 人：赵红仕
责任编辑：周　杨

北京联合出版公司出版
（北京市西城区德外大街83号楼9层　100088）
北京联合天畅文化传播公司发行
北京美图印务有限公司印刷　新华书店经销
字数156千字　840毫米×1194毫米　1/32　7.5印张
2023年4月第1版　2023年4月第1次印刷
ISBN 978-7-5596-6559-1
定价：56.00元

版权所有，侵权必究
未经许可，不得以任何方式复制或抄袭本书部分或全部内容
本书若有质量问题，请与本公司图书销售中心联系调换。
电话：010-65868687　010-64258472-800